辰巳 正明

「令和」から読む万葉集

新典社新書 78

目　次

II 「梅花の歌三十二首」を読む

はじめに

新元号が「令和」となり、新しい天皇の即位のもとに令和の時代が始まった。

「令和」という元号が『万葉集』巻五の「梅花の歌」に先立つ漢文序を出典とすることから、初めて元号が「国書」から選ばれたということにより、にわかに『万葉集』への関心がたかまった。令和の考案者とされるN先生の思いが連日のようにマスコミに取り上げられている。そのなかで注目されるのは、「梅花の歌」の序文にもとづけば、「令和」とは「麗しく和やか」という意味として用いられているようだということだ。これは英訳として加えられたBeautiful harmonyによってその意がいっそう明らかになる。

「令」は麗しいこと、「和」は和やかなことである。「和」を主体にすれば、聖徳太子の「和をもって貴しとなす」が思われ、また『古事記』の歌謡にみえる「大和し麗し」や、『万葉集』の国見歌にみえる「うまし国そ　あきつ嶋　大和の国は」が思いおこされる。

「和」は日本人が好むもっとも親しみのある漢字である。その「和」に「麗しい」という意の「令」を加えたのが「令和」であった。そこには、日本に留まらず世界の平安が願われている。

大伴旅人が大宰帥（大宰府長官）の折に、筑紫の役人三十二人を集めて官邸で梅花の宴を開いた。天平二年（七三〇）正月十三日のことである。梅花を愛でて歌を詠むという雅宴は漢詩では行われていたが、倭歌《やまとうた》にはなかった。それだけに、この花宴は異国趣味の風流を尽くすという歴史的な正月の宴であったのだ。

しかも、序文の「初春令月、気淑風和」（初春の麗しい月に、春の気は淑やかに風は和やかだ）という一文は、日本の文章史の上で初めて描かれた美しい文学的文章である。

この「梅花の歌」の漢文序は晋《しん》の王羲之《おうぎし》の「蘭亭序《らんていじょ》」の「是日也。天朗気清。恵風和暢」（この日、天気は晴朗にして春の気は爽やかに、恵みの風は和やかだ）といった雰囲気を持ち、さらに後漢《ごかん》の張衡《ちょうこう》の「帰田《きでん》の賦《ふ》」にみる「於是仲春令月、時和気清」（ここに仲春の麗しい月で、時に和やかな春の気は清らかだ）と類似することに関心がもたれた。これらは、江戸期の国学者である契沖《けいちゅう》の『万葉代匠記』に指摘されている。

旅人の開いた「梅花の歌」の花宴は、俗事を離れて美しい梅花を愛でることが主旨である。塵俗を離れた物外にあって、身分差を超え栄辱を忘れさせる花宴である。その意味では、張衡や王羲之の態度と等しいところにあろう。中国の古典を尊重し、賢人たちの生き方に学ぶことは、奈良朝知識人が示した東アジアと共有する新たな態度である。旅人はいちはやく中国の古典にみずからの生き方を見た知識人である。それが漢詩の風流ではなく、和風（倭の歌）であったところに旅人の先見性があった。

新しい元号が「令和」となったのは、偶然ではない。まさにいま、人々のあいだに「麗しく和やか」な時代を望む思いが存在するからである。「令和」とは、そのような時代の幕開けを期待した元号であり、そのような時代を作り上げることが期待されているように思われる。これを『万葉集』に典拠を求めたことは、『万葉集』が日本文化の源泉であることによろう。そして、『万葉集』が当時の東アジア文化と向き合いながら成長した歌集であることの意味も重要である。

そこで本書は、これを機に「令和」という元号から、大伴旅人が張衡や王羲之という古賢人たちと時代を隔てながらも、精神世界で交流を尽くした梅の花宴の意義を考えてみようと思う。

なお、大伴旅人は「令和」の出典となった「梅花の歌三十二首」の序文を記した作者である。また、旅人は本書の主人公であり、奈良朝初頭の『万葉集』を飾った歌人である。

以下に、その略歴を載せる。

【大伴宿禰旅人】

天智四年（六六五）から天平三年（七三一）。大伴馬飼《うまかい》（長徳）の孫。安麿《やすまろ》の子。家持《やかもち》・書持《ふみもち》の父。母は多比等女《たびとめ》あるいは巨勢郎女《こせのいらつめ》ともいう。異母妹に万葉歌人の大伴坂上郎女《いらつめ》がいる。大伴氏は『日本書紀』によれば、ニニギの命が天孫降臨の時に天孫の先導に携わった天忍日命《あめのおしひのみこと》の子孫で古代名族の一つ。もとは連《むらじ》姓。伴《とも》（天皇警護の兵士）を率いる氏であることから大伴と名乗る。

旅人は和銅三年（七一〇）、元明天皇の朝賀の折に隼人《はやと》・蝦夷《えみし》の異族を朱雀《すざく》大路の東西に並べて率いる。時に左将軍正五位上《しょうごいのじょう》。同四年に従四位下《じゅしいのげ》となり、同七年十一月に再び左将軍となる。霊亀《れいき》元年（七一五）一月従四位上、同五月中務《なかつかさ》卿となる。養老二年（七一八）三月中納言、同三年一月正四位下、同九月山背国《やましろ》の摂官《せつかん》（職務の兼務）となり、同四年三月征隼人持節《せいはやとじせつ》将軍となり、同六月隼人反乱の鎮定を慰問され、同八月帰京する。同五年一月従三位《じゅさんみ》となる。神亀四年（七二七）末か同五年春に大宰帥として着任（このことは史書にみえない）。天平二年十一月大納言を兼任することにより大宰府から帰京し、同三年一月従二位《じゅにい》となり、同七月没した。『懐風藻《かいふうそう》』に漢詩一首を残す。

旅人の文学は早くに聖武天皇の吉野行幸における応詔《おうしょう》の歌（巻三）があるが、大宰府に赴任した直後に同行した妻を亡くした悲しみを詠んだ歌に対して、筑前国守の山上憶良が旅人の悲しみを慰めたところから大宰府文学が始まる。憶良との文学的交流を通して、『万葉集』第三期の文学が形成された。旅人の作品としては讃酒《さんしゅ》歌十三首（巻三）、亡妻悲歌傷歌（巻三）、藤原房前《ふささき》宛て梧桐《ごとう》の日本琴《やまとごと》の歌（巻五）、梅花の歌（巻五）、松浦河に遊ぶ歌（巻五）などがある。文学的性質は繊細優美であり、また、反俗的性格を示す。大宰府で行われた梅花の宴は、日本文学史上特記すべき、風流韻事《いんじ》の遊びであった。

一、万葉集の訓読・現代語訳は、『西本願寺本万葉集』（主婦の友社刊行）の覆製に基づき著者が施した。

一、漢詩・漢文でとくに出典を明記していないものの訓読・現代語訳は著者が施した。

I 「梅花の歌」の漢文序とその典拠

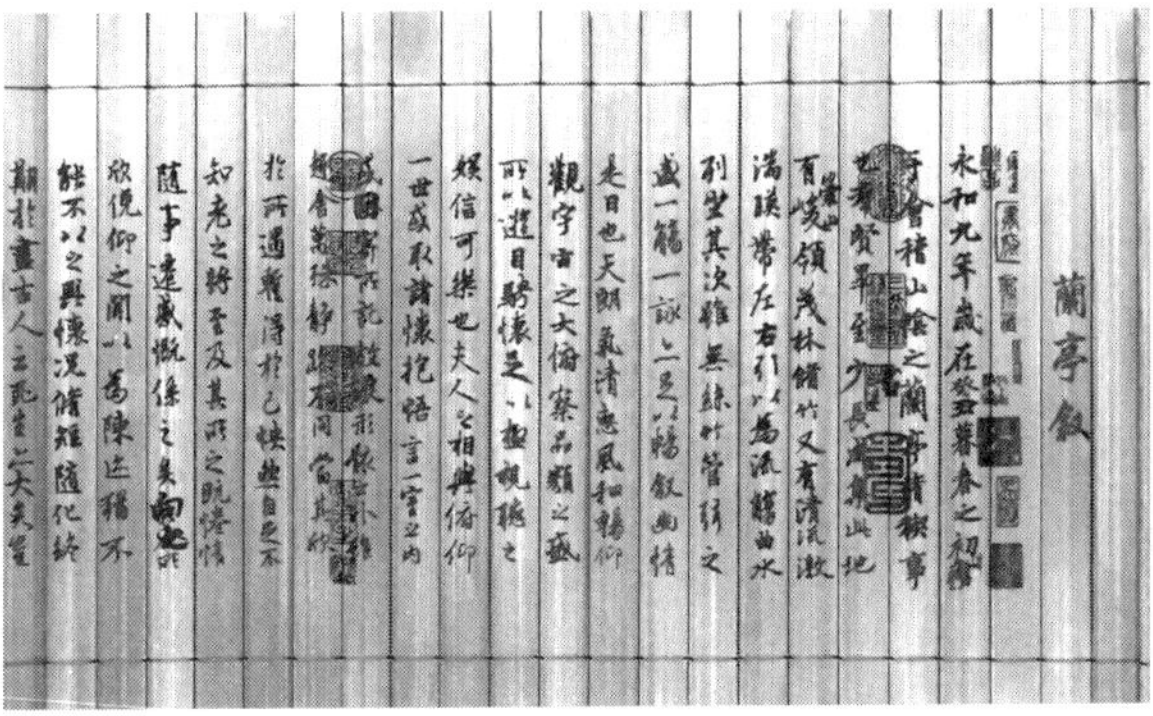
蘭亭叙
永和九年歳在癸丑暮春之初
會于會稽山陰之蘭亭脩禊事
也群賢畢至少長咸集此地
有崇山峻領茂林脩竹又有清流激
湍暎帯左右引以為流觴曲水
列坐其次雖無絲竹管絃之
盛一觴一詠亦足以暢叙幽情
是日也天朗氣清恵風和暢仰
觀宇宙之大俯察品類之盛
所以遊目騁懐足以極視聴之
娯信可楽也夫人之相與俯仰
一世或取諸懐抱悟言一室之内
或因寄所託放浪形骸之外雖
趣舎萬殊静躁不同當其欣
於所遇暫得於己快然自足不
知老之將至及其所之既倦情
随事遷感慨係之矣向之所
欣俛仰之間以為陳迹猶不
能不以之興懐況脩短随化終
期於盡古人云死生亦大矣豈

「梅花の歌」の漢文序を読む

大宰府の梅花の宴

「梅花歌卅二首并序」と題する三十二首の歌には、四六体（四句・六句を基本とする文体）で飾られた漢文の序が付されている。大伴旅人の作と思われるが、旅人以外の説もある。だが、この序の風流を志向する心躍る内容や、「帥老」が帥の謙遜と思われることから、旅人の序と考えるべきであろう。この序文は契沖の『万葉代匠記』が「羲之か蘭亭序記の開端に永和九年歳在癸丑、暮春之初会于会稽山陰之蘭亭。脩禊事也。この筆法にならへりとみゆ」と指摘している。中国東晋時代の書家である王羲之の「蘭亭序」に則って書かれているというのである。王羲之は「羲之」（てし）として『万葉集』にしばしば登場する。さらに契沖によれば、「于時初春令月気淑風和」の句は「帰田賦曰、仲春令月時和気清」と関連があることを指摘している。「帰田賦」とは後漢の天才科学者である張衡の作で、その賦は『文選《もんぜん》』にみられる。
張衡の「帰田賦」も王羲之の「蘭亭序」（蘭亭叙）も、奈良朝知識人の理解するところであった。そのような漢籍を背景に旅人の序文が成立していることは間違いなく、その類似性が認められる。

まず、序文では最初に天平二年正月十三日に帥老の宅に集まり宴会を開いた時の事情から記される。帥老の宅とは大宰府長官の大伴旅人の官邸を指し、そこで花宴という特別な宴会が開かれた。それは、「梅花の歌」を詠むための集団的文学運動としての歌宴である。三十二首という歌の数は、大宰府管内の役人たちが三十二人集まり歌を詠んだことを指す。そこでは、官邸庭苑の梅の花を一人が一首ずつ詠み上げるという、正月の宴に相応しい華やかな文雅の席が展開した。『万葉集』にあっては空前絶後の花の宴であり、異国趣味の風流が尽くされた。それを主催したのが、風流人である大伴旅人である。

梅花の歌卅二首并せて序

天平《てんぴやう》二年正月十三日、帥老《そちらう》の宅に萃《あつ》まりて、宴会を申《まを》す。時に、初春の令月《れいげつ》にして、気淑《よ》く風和《やは》らぎ、梅は鏡前の粉を披《ひら》き、蘭《らん》は珮後《はいご》の香《かう》を薫《かをら》す。加以《しかのみならず》、曙《あけぼの》の嶺に雲移り、松は羅《うすもの》を掛けて蓋《きぬがさ》を傾け、夕べの岫《くき》に霧結び、鳥は縠《うすもの》に封《と》ぢらえて林に迷《まと》ふ。庭に新蝶舞ひ、空に故鴈《こがん》帰る。ここに天を蓋とし地を坐《しきもの》とし、膝《ひざ》を促《ちかづ》け觴《さかづき》を飛ばす。言《げん》を一室の裏《うち》に忘れ、衿《えり》を煙霞《えんか》の外に開く。淡然《たんぜん》として自ら放《ほしきまま》にし、快然として自ら足る。若《も》し翰苑《かんえん》に非《あら》ずは、何を以《もち》てか情《こころ》を攄《の》べむ。詩に落梅《らくばい》の篇《へん》を紀《しる》す。古今夫《そ》れ何そ異ならん。宜《よろ》しく園梅を賦《ふ》し聊《いささ》か短詠《たんえい》を成さん。

梅花の歌三十二首并せて序

天平二年正月十三日、帥老の宅に萃まり、宴会を開いた。時に、初春の麗しい月にして、春の気は穏やかで風は和らぎ、梅は美人の鏡の前の白粉のように白く開き、蘭は帯に結んだ帯玉が香るように良い香りを薫らせている。その上に、曙の嶺には雲が移り、松は薄絹のような雲を掛けて絹笠を傾ける風情であり、夕方の山の峰には霧が立ちこめ、鳥は薄物のような霧がこもる林に迷って鳴いている。庭には春の新蝶が舞い始め、空には秋に訪れた雁が故郷へ帰るところである。ここに天を絹笠とし地を敷物として、みんなは膝を近づけ觴を飛ばしている。宴の席では言葉を交わす必要もなく楽しみ、心を美しい自然の外に開いている。爽やかな気持ちはみんなを自由奔放にさせ、心地よい宴の席はみんなを十分に満足させている。もしここが歌苑でなければ、何をもって情を述べようか。中国の古詩には落梅の篇を紀している。昔も今もこの楽しみは何か異なるだろうか。よろしく園梅を賦して聊か短詠を成そうではないか。

梅花歌卅二首并序

天平二年正月十三日、萃于帥老之宅、申宴会也。于時、初春令月、気淑風和、梅披鏡前之粉、蘭薫珮後之香。加以、曙嶺移雲、松掛羅而傾蓋、夕岫結霧、鳥封穀而迷林。庭舞新蝶、空帰故鴈。於是盖天坐地、促膝飛觴。忘言一室之裏、開衿煙霞之外。

淡然自放、快然自足。若非翰苑、何以攄情。詩紀落梅之篇。古今夫何異矣。宜賦園梅、聊成短詠。

序文語彙の注釈

○梅花歌卅二首并序　「梅花」は中国六朝《りくちょう》ころから観賞される花として詩に詠まれ、古代日本の持統朝の葛野王《かどのおう》に「春日鶯梅《あうばい》を翫《はや》す」(『懐風藻』十番詩)が詠まれている。「梅」は中国音 mei によるか、あるいは薬剤《やくざい》の烏梅《うばい》 umei によるか。梅は紀元前の『詩経《しきょう》』の時代から実を利用するために植えられていたが、中国六朝ころから花を愛でる詩歌が登場する。『晋詩《しんし》』(巻十九)「子夜《しや》四時の歌」に「杜鵑《とけん》は竹裏に鳴き、梅花は落《ち》りて道に満つ」、『梁《りょう》詩《し》』(巻十)呉均《ごいん》の「梅花落《ばいからく》」に「独り梅花の落る有り、飄蕩《へうたう》として枝に依らず」とある。「卅二首」はこの歌宴に参加した大宰府の役人たちの詠んだ歌の数をいう。「序」は三十二首に付された漢文の歌序。大伴旅人が風流を意図して書いた、極めて斬新な文章で出来ている。王羲之の「蘭亭序」に基づくとされる。**○天平二年正月十三日**　七三〇年正月十三日をいう。**○萃于帥老之宅**　「萃」は集まる意。『漢詩』（巻六）張衡「歌」に「山趾《さんし》に萃《あつ》まる」とある。「帥老」は大宰帥大伴旅人。「老」は謙遜の語。ただ、旅人以外の作とすれば「老」は尊敬。「宅」は帥旅人の官邸。一説に大宰府市の坂本八幡宮が遺称地ともいう。**○申宴会也**　「申」は開く。「宴会」は梅花を詠む歌宴。中国の詩形式によれば、君臣和楽の宴。**○于時、初春令月**　「初春」は一月。「令月」は風光も景物も麗しく良い月。「令」は『爾雅《じが》』（釈詁《しゃっこ》）に「令は、善なり」とある。『文選』（巻十五）張衡（平子）「帰田の賦」に「是《ここ》に仲春の令月、時に和し気清《す》む」とあり、『梁詩《りょうし》』（巻二十七）王台卿《おうだいきょう》の「陌上桑《はくじょうそう》」に「令月和景を開き。処処春心を動かす」とある。以下、謝霊運《しゃれいうん》の「鄴中《ぎょうちゅう》集《しゅう》」にいう良辰《りょうしん》（季節の良い時）・美景（美しい風景）・賞心《しょうしん》（美景を愛でる心）・楽事《らくじ》（みんなで詩を詠むこと）を理想としていると思われる。春の良い季節に、美しい梅の花が咲いているので、それをみんなで愛でて、梅の歌を詠もうという意である。**○気淑風和**「気淑」は春の気がやさしい意。「風和」は初春の風が和やかであること。「風」は物色の一。『全三国文』（巻二十二）夏侯玄《かこうげん》の「皇胤《こういん》の賦」に「時にこれ孟秋《もうしゅう》、和気淑《よ》く清し」、

『全唐詩』（巻十二）「五郊楽章」に「気は四序《しじょ》を調え、風は万籟《ばんらい》に和す」とある。○**梅披鏡前之粉**　「梅」は白梅。「鏡前之粉」は女子が鏡の前で化粧に用いる白粉。白梅の白と白粉の白とを重ねる。次句と対。○**蘭薫珮後之香**　「蘭」は「梅」の対。「蘭薫《らんくん》」は蘭の香り。中国文人は蘭を気品や友情の象徴として詩に詠み、また帯に飾った。『梁詩』（巻二十五）元帝の「車名詩」に「膝《ひざ》を接して蘭の薫《かを》りに対《たい》す」とある。「珮後」は帯玉を腰に付けていること。「珮」は帯玉で帯の飾り物。「鏡前」の対。「香」は蘭の香り。「粉」の対。○**加以、曙嶺移雲**　「加以」はそれに加えて。「曙嶺」は夜明けの嶺。『全唐詩』（巻五）則天皇后の「唐享昊天楽《きょうこうてんがく》」に「朝壇《てうだん》に霧巻き、曙の嶺に煙沈む」とある。○**松掛羅而傾蓋**　松の木には薄絹のような雲が掛かり絹笠を傾けているようだ。「羅」は薄絹《うすぎぬ》。松に纏《まと》う雲を薄絹の笠と見る。「蓋」は絹笠。○**夕岫結霧**　夕方の山には霧が掛かること。先句「曙嶺移雲」と対。「岫」は山の高い嶺。洞窟の意もあり仙人が住むとされる。○**鳥封縠而迷林**　鳥は薄物の霧に篭められて林に迷い鳴いていること。「縠《こく》」は縮みのある絹織物。『文選』（巻七）司馬相如《しばそうじょ》「子虚《しきょ》の賦」に「繊羅《せんら》を雑《まじ》へ、霧縠《むこく》を垂る」とある。○**庭舞新**

蝶　「新蝶」は春に舞い始めた蝶。『梁詩』（巻二十四）鮑泉《ほうせん》の「湘東王《しょうとうわう》の春日詩に奉和す」に「新鶯《あう》始めて新たに帰り、新蝶また新たに飛ぶ」とある。**○空帰故鴈**　「故鴈」は昨年の晩秋に渡り来た雁。春に故郷へと帰る。**○於是盖天坐地**　天を笠とし地を敷物とすること。「盖」は蓋で笠。「地」は大地。**○促膝飛觴**　互いに近づいて酒を酌み交わす様。『文選』（巻五）左太沖《さだいちゅう》の「京都の賦」に「里讌巷飲《りえんかういん》し、飛觴挙白《ひしやうきよはく》す」とある。**○忘言一室之裏**　宴席では楽しさのあまり言うべきことも忘れること。『晋詩《しんし》』（巻三）傅咸《ふかん》の「尚書の同僚に与ふる詩」に「意《い》を得て言を忘れ、言は意の後に在る」とある。「一室」は歌宴の開かれている室内。『晋詩』（巻八十）王羲之の「蘭亭序」に「一室の内に悟言《ごげん》す」とある。**○開衿煙霞之外**　「開衿」は上着の衿を開きくつろぐ意。『梁詩』（巻二十四）王《おう》筠《いん》の「苦暑《くしよ》の詩」に「月至り毎《つね》に襟《えり》を開き、風過ぎ時に帯を解く」とある。「煙霞之外」は世俗を離れた美しい自然。『全隋文』斉王暕《さいおうかん》の「逸人王真に与ふる書」に「左琴右書《さきんうしよ》、蕭散《せうさん》す煙霞《えんか》の外」とある。**○淡然自放**　「淡然」は水の如くさっぱりした心。君子の交わりをいう。『老子道徳経《ろうしどうとくきよう》』に「上善《じようぜん》は水の如し」とあり、友との交わりは水の如きを良しとした。『荘子《そうし》』山木篇に「君子の交はりは淡《あわ》きこと水の若《ごと》く、小人の交はりは甘きこと醴《あまざけ》の如し」とある。『陳詩《ちんし》』（巻六）祖孫登《そそんと》の「水を詠む詩」に「淡然《たんぜん》の心の有るを知る」とある。**○快然自足**　「快然」は心地よい様。『全晋文』（巻二十六）王羲之「蘭亭詩序」に「快然として自足」とある。「自足」は自ずから足りていること。**○若非翰苑**　「翰苑《かんえん》」は文苑。『全唐文』（巻四十一）元宗の「張説《ちやうえつ》献詩の賛《さん》」に「詞林《しりん》は秀発《しうはつ》し、翰苑は光鮮《ひかりあざや》かなり」とある。ここでは歌苑の意。**○何以攄情**　どのようにして情を述べようか。「攄」は述べること。『全隋文』（巻十二）柳瑒《りゆうよう》の「徐則画像の讃《さん》」に「曷《なに》を用《も》ちて情を攄《の》べん」とある。**○詩紀落梅之篇**　「詩紀」は中国の詩の記録。「落梅之篇」は楽府《がふ》「梅花落」を指す。「梅花落」は兵士たちが辺境で正月を迎え故郷を思う歌。『斉詩《せいし》』（巻三）謝朓《しやちよう》に「詠落梅詩」がある。**○古今夫何異矣**　昔も今も梅の花を愛でて詠んだことに変わりがないこと。**○宜賦園梅**　「賦」は詩歌を詠むこと。「園梅」は大宰府旅人官邸の庭に咲く梅。『梁詩』（巻二十一）簡文帝《かんぶんてい》の「廬陵《ろりよう》内史王脩令《おうしゆうれい》を餞《はなむけ》する応《おう》詩」に「園梅新《しん》藻《さう》を歛《のぞ》む」とある。**○聊成短詠**　「短詠」は短い歌。ここは短歌。『梁書』（巻四十九）庾《ゆ》肩吾《けんご》列伝に「性既に文を好み、時また短詠す」とある。

漢文序の趣旨

天平二年正月十三日に帥宅で梅花の宴を開いたという。この宴会を主催した旅人は、最初か最後に序文を書き留めた。梅花の宴会を開くことの趣旨は、前年の末までに筑紫の各国庁に伝達され、出席者の確認も行われたことであろう。それに合わせて各国の役人たちは花宴の開催日までに大宰府入りをしていたはずである。彼らにとっては前代未聞の宴会が開かれること、さらには「梅の花」を詠み込む歌を披露することなど、不安と期待とが入り交じった気持ちで当日を待ったものと思われる。

そのようにして開かれた梅花の宴の最初に、主人の旅人は宴会の趣旨を述べたのであろう。その内容はすでに旅人の構想の中にあり、ここに記録されている程度の内容が開宴の冒頭に読み上げられたものと思われる。

まず開催の時を記したのちに、季節の挨拶が述べられる。「時に初春の令月にして、気は淑く風は和らぎ、梅は美人の鏡前の白粉のように白く披き、蘭は帯玉の香りのように香を薫らせている」という令月・風和は、令和の典拠であり張衡にみられる（前述）。梅が白粉と重ねられるのは、この時代の梅は白梅であったことによる。また、「蘭」は実際の蘭を指すのではなく、中国文人たちが友情を表すために譬喩する花であり、蘭の香りは友情の香りを指した。

それに続いてこの日の風光は、「曙の嶺には雲が移り、松は羅を掛けて蓋を傾け、夕の岫には霧が結び、鳥は縠に封められて林に迷っている。庭には新蝶が舞い、空には故鴈が帰る」という。これは初春の麗しい風光を描いたものであるが、多くの漢籍を典拠とした十分に練られた文章である。すぐれた文章とは、古典の典拠を持つことである。それは中国文人の文章態度であった。ここに描かれた風景は、宴が理想とする風景のことである。それゆえに、「宴の席では言葉を交わす必要もなく楽しみ、心を美しい自然の外に開いている。爽やかな気持ちはみんなを自由奔放にさせ、心地よい宴の席はみんなを十分に満足させている」という喜びが述べられる。ここには前述したように、王羲之の「一室の内に悟言《ごげん》し、或いは託《よ》する所に因寄《いんき》し、形骸《けいがい》の外に放浪す」が踏まえられている。

梅花と異国趣味

「梅花の歌」の「梅」は中国渡来の花である。もとは梅の実から「烏梅《うばい》」（薬剤）を作るために輸入され、やがて梅の花への賞美へと移る。むしろ、日本では梅の実よりも花を愛でる段階から文献に現れる。そのもっとも早いのは『懐風藻《かいふうそう》』に詠まれた漢詩にある。天武・持統朝の葛野王《かどのおう》（父は大友皇子、母は十市《とおち》皇女）は「春日鶯梅《あうばい》を翫《はや》す」という題で、「聊《いささ》か休暇の景《けい》に乗り、苑《その》に入り青陽《せいやう》を望む。素梅《そばい》素靨《そえふ》を開き、嬌鶯《けうあう》嬌声を弄《ろう》す」と、白梅と可愛い鶯の声を詠んでいる。また、大伴旅人は同書に「初春侍宴《じえん》」の題で「梅雪残岸《ざんがん》に乱れ、烟霞《えんか》早春に接《せつ》す」と、白梅と雪とが池の岸辺に乱れる様子を詠んでいる。

梅は渡来の花であるが、それをいち早く漢詩文学の世界で受け入れた。そこには中国の詩人たちの梅への愛好があったからである（後述）。古代日本に暦が輸入されると、中国の年中行事への関心が高まった。五節《ごせつ》といわれる一月一日の元旦、三月三日の上巳《じようし》、五月五日の端午《たんご》、七月七日の七夕《しちせき》、九月九日の重陽《ちょうよう》といった行事は、すでに習俗として古代に受け入れられ、詩人たちには詩を詠む恰好の行事となった。その最初の節日が正月であり、正月に梅を愛でることは詩人たちの詩興《しきょう》を促したのである。そこに異国趣味ともいえるモダンな文学が成立した。そうした詩人たちの梅花への愛好は、やがて天平の時代に旅人の梅花を詠む花宴へと向かったのである。

花宴を楽しむ四つの条件

このようにして書かれたこの序文からは、旅人の心躍る気持ちが伝わってくる。時候の風光から述べるのは、高鳴る気持ちを抑えるためであり、出来るだけ冷静に事を運ぶのを目標とする算段である。そして、最後に「詩に落梅《らくばい》の篇を紀す」といったのは、この花宴に先行して中国には「落梅」を詠んだ詩編があることから、それに続くことを目的としたのである。「梅花の歌」とは、中国の「落梅の詩篇」に続く、大和の「落梅の歌篇」であることを意図している。

この序文には、宴会を開く場合の四つの条件が踏まえられている。その一は、「良辰《りょうしん》」ということ。これは宴会に最も良い時節（辰）が選ばれることである。その二は、「美景」ということ。宴会を開く時が、最も美しい風景の中にあることを求めたのである。先の冒頭の文章は、宴会を開くための条件である良辰と美景という二つの理念に基づいて描かれている。これに続いて、「もしここが翰苑でなければ、何を以てか情を攄べよう。古詩には落梅の篇を紀している。云々」というのは、続く条件の二つである。その一は、「賞心《しょうしん》」ということ。これは花宴の参会者が心を一つにして苑の梅を賞美することである。その二は、「楽事《らくじ》」ということ。これは今を盛りの園の梅を歌に賦すことである。

この四つの条件（良辰・美景・賞心・楽事）が揃ったことで、梅花の宴が開かれるのだというのが序文の主旨である。このような旅人の趣向は、魏《ぎ》の曹丕《そうひ》（曹操《そうそう》の子で曹植《そうしょく》の兄。曹丕は後の文帝）が開いた鄴宮《ぎょうきゅう》の宴の理念がそのまま受け入れられている（この時の詩は散逸）。その鄴宮宴の理念を再現したのが宋の謝霊運《しゃれいうん》（三八五〜四三三。東晋から南朝宋の詩人）の「鄴中集詩《げふちふしふ》」（『文選』所収）である。

張衡の「帰田の賦」を読む

張衡という天才

張衡《ちょうこう》の「是《ここ》に仲春《ちゅうしゅん》令月、時和《わ》し気清《す》む」が、「梅花の歌」の序に類似することで脚光を浴びた。その張衡は後漢の七八年から一三九年の人。中国史書である『後漢書《ごかんしょ》』（巻五十九）に張衡列伝が載る。それによれば、字は平子《へいし》。南陽西鄂《せいがく》の人とある。世にこの姓は有名で、祖父の堪《たん》は蜀郡《しょくぐん》の太守《たいしゅ》であった。衡は若くしてよく文章を綴り、三輔《さんぽ》（前漢の武帝の時に定めた、長安を中心とする三カ所の行政区域）に遊び、長安の都で太学《たいがく》（学校）に学び、五経《ごきょう》（儒教経典の易経《えき》・書経《しょ》・詩経《し》・礼記《らいき》・春秋《しゅんじゅう》の五つ）や、士大夫の教養である六芸《りくげい》（礼・楽・射・御・書・数）に通じた。その才能は世に高く知られたが、奢《おご》り高ぶる情はなかった。常に物静かで、俗人に接することは好まなかった。永元《えいげん》の時代、孝廉《こうれん》（官吏の特別任用の一つ。漢代に郡から推挙された者を孝廉として官吏に任用した）に挙げられたが都に行かず、公府に繋がることを避けて官職には就かなかった。時に天下太平の日が久しく、王侯《おうこう》より以下は贅《ぜい》を尽くす風潮となった。衡はそこで班固《はんご》（後漢の歴史家で文人）の両都《りょうと》の賦に擬《なぞら》えて、二都の賦を作り、よって諷諫《ふうかん》（遠回しに諫《いさ》めること）したという。

また機巧《きこう》（科学技術）を良くし、天文や陰陽《いんよう》、歴算《れきさん》（数学）に思いを致し、常に好んで玄経《げんきょう》（老荘《ろうそう》の書）を読み耽った他、琁機《せんき》（琁璣玉衡《せんきぎょっこう》のことで天文観測機器）を正すことに尽力し、渾天儀《こんてんぎ》（天文観測器）を作り、霊憲《れいけん》（天文暦法の学）や筭罔論《さんもう》（同上）を著し、言葉は実に詳細であったとある。

このように、張衡は天文・暦法・数理などにすぐれた天才科学者であり、その上に文人でもあった。官吏としては太史令《たいしれい》などを歴任したが、性格が剛直《ごうちょく》で漢代に流行していた予言の説（讖緯説《しんい》）や、皇帝を取り巻き諂《へつら》う人らを批判したことから河北省に左遷された。辞職を願い奏上したが許されず、永和《えいわ》三年（一三八）に都に呼び戻されるが、翌年の永和四年に病死した。

「帰田の賦」を読む

『文選《もんぜん》』（巻十五）の賦篇《ふへん》に張衡（平子）の「帰田の賦《きでんのふ》」が載る。賦というのは韻文《いんぶん》の叙事的文章のことで、漢代には賦形式の文学表現が主となり、文人たちはその腕を競い合った。一般に賦は長大な文章であるが、「帰田の賦」は珍しく短文である。しかも、その内容は叙事よりも情に傾き六朝情賦《りくちょうじょうふ》の先駆けのように思われる。

帰田の賦　張衡

都邑《とゆう》に遊んで以《もち》て永久なるも、明略《めいりやく》の以て時を佐《たす》くる無し。徒《いたづら》に川に臨んで以て魚を羨《うらや》み、河の清《す》まんことを俟《ま》てども未だ期《き》あらず。蔡子《さいし》の慷慨《かうがい》に感じ、唐生《たうせい》に従って以て疑ひを決す。諒《まこと》に天道《てんだう》の微味《びまい》なる、漁父《ぎよほ》を追ひて以て嬉《たのしみ》を同じうす。埃塵《じんあい》を超えて以て遐《とほ》く逝《ゆ》き、世事《せじ》と長く辞《じ》す。

是《ここ》に於て仲春の令月、時和し気清《す》む。原湿鬱茂《げんしふうつも》し、百草滋栄《じえい》す。王雎《わうしよ》翼を鼓《こ》し、鶬鶊《さうかう》哀《かな》しみ鳴く。頸《くび》を交えて頡頏《けつこう》し、関関嚶嚶《くわんくわんあうあう》たり。焉《ここ》に於て逍遥《せうえう》し、聊《いささ》か以て情を娯《たの》しましむ。爾《しか》して乃ち龍《りう》のごとく方沢《はうたく》に吟《ぎん》じ、虎のごとく山丘に嘯《うそぶ》く。仰いで繊《せん》繳《しやく》を飛ばし、俯《ふ》して長流に釣《つ》る。矢に触れて斃《たふ》れ、餌《えさ》を貪《むさぼ》りて鈎《つりばり》を呑《の》む。雲間の逸禽《いつきん》を落とし、淵沈《えんちん》の鯊鰡《さりう》を懸く。

時に曜霊《えうれい》は景《かげ》を俄《かたむ》け、係《つ》ぐに望舒《ばうじよ》を以てす。般遊《ばんいう》の至楽《しらく》を極め、日は夕べなりと雖も劬《つか》るるを忘る。老氏の遺誡《ゐかい》に感じ、将に駕《が》を蓬廬《ほうろ》に廻《めぐら》さんとす。五絃の妙指《めうし》を弾じ、周孔の図書《としよ》を詠ず。翰墨《かんぼく》を揮《ふる》ひて以て藻《さう》を奮《ふる》ひ、三皇《さんくわう》の軌模《きぼ》を陳《の》ぶ。苟《いやしく》も心を物外《ぶつがい》に縦《ほしいまま》にせば、安《いずく》んぞ栄辱《えいじよく》の如《ゆ》く所を知らんや。

都に来て久しくなるけれども、時世を救う才略もなく、むなしく川を前にして魚を手に入れたいと願うだけで、黄河の澄むのを待ってはいるが、まだその時期は来ない。そこで、かの蔡沢（戦国秦人）が身の不遇を嘆き、唐挙（楚の人相学者）について疑いを尋ねたように私もやってみた。が、天道は誠に深遠でどうにもはっきりさせることはできず、まずは例の漁父（屈原の『楚辞』の篇名）と楽しみを同じくし、俗塵をはるかに超越して、世間と縁を絶とうと思う。

さて、時は春のさなか、天気は和やかに澄み渡り、湿原は鬱蒼と茂り、百花は花を開く。王雎（鳥の名）は羽ばたき、鶬鶊（鳥の名）は憂わしげに声をあげ、首を擦り寄せながら上り下りし、和やかに鳴き交わしている。私はこの中に逍遥してしばらく気持ちを楽しませる。そうして龍のように大沢に吟じ、虎のように山丘にうそぶき、仰いでは空に繳《いぐるみ》（糸弓）を飛ばし、伏しては長流につり糸を垂れる。雲間の飛鳥は矢に触れて落ち、深いふちの魦鰡は餌をむさぼってつり針に掛かる。

時に日は西に傾き、月が代わりに現れてくる。私は心行くまで遊び楽しみ、夕べになるまで疲れを忘れていた。しかし、老子の遺誡（訓戒）を思い出し、我家に車を返そうとする。五弦の琴をさやかにかき鳴らし、周公・孔子の書物を読み、筆を振るって文章を作り、上古の三皇の決められた法を述べるのである。心を俗世の外に放てば、この世の栄辱などは我身になんのかかわりがあろうか。

（訓読・現代語訳は、全釈漢文大系『文選』集英社による）

「帰田の賦」と張衡の志

「帰田の賦」は短い作品であるが、そこには張衡の心情が読み取れる。「帰田」とは官を辞して田舎に帰る意であり、後の陶淵明《とうえんめい》も「帰去来の辞《ききょらいのじ》」を詠んでいるように、これは不遇の身を嘆く形式にある。それゆえ、張衡は「都に来ても志は遂げられず、河清をまつことも叶《かな》わず、蔡子（戦国秦の宰相の時、身の危険を感じ宰相を辞して逃れた）らが身の不遇を嘆いたように嘆き、俗塵とは縁を絶とう」という。そこで「仲春の麗しい月にあたり、時は和やかで春の気は清んでいる」（「於是仲春令月、時和気清」）ことから、「春の風光のなかを逍遥し、しばし楽しい気分になったことだ」と喜ぶ。そのようにして春の一日を楽しみ遊び、日が暮れても帰ることを忘れていたという。ただ、「老子の遺誡があり、それで周孔の書を読み文章を作るのだが、心を俗の外に縦《ほしいまま》にすると、この世の栄辱などはかかわりないことなのだ」と結ぶ。

ここには、漢代の知識人の一つのスタイルが見られる。それは新たな儒教国家の成立のなかで、官僚として真面目に勤めても不遇であることに起因して、世俗を逃れて生きることを理想とする老荘的な脱俗への憧れの態度である。そのような不遇を嘆くのは、楚国《そこく》の屈原《くつげん》に始まり司馬遷《しばせん》や陶淵明などの作品の主題となる。張衡の挙げる蔡子（沢）も志を遂げ得ず不遇を嘆いた。そうした宮廷や官という俗間に対して心を楽しませるのは、まさに春の麗しい時に美しい風光の中を逍遥することであった。それはこの世の栄辱を忘れさせるものであり、それが漢代以後の文人の理想とする生き方であったのである。張衡も例に漏れず不遇をいうのは、政治を真面目に考え諫言もするが、それが天子に受け入れられず、美しい春の風光のなかに身を置くことに喜びが見出されたということである。

「帰田の賦」と「梅花の歌」の序

「梅花の歌」の漢文序が後述の王羲之の「蘭亭序」のほかに、張衡の「帰田の賦」にみる「於是仲春令月、時和気清」と類似することは、江戸時代の契沖《けいちゅう》が指摘している。これはこの詩句のみの問題ではなく、「帰田の賦」そのものから考えておく必要があろう。

旅人の開いた「梅花の歌」の花宴は、精神性の上からいえば、世俗を離れて美しい梅花を愛でることが主意である。日本漢詩の上では公務に疲れた官人たちは、吉野などの美しい自然を求めて遊覧を繰り返し、山水逍遥の詩を多く詠んでいる。『懐風藻』の詩人が「駕を命じて山水に遊び、長く忘る冠冕《かんべん》の情。安《いず》くにか王喬《わうけう》の道を得て、鶴《たづ》を控《ひ》きて蓬瀛《ほうえい》に入らむ」（車駕を命じて山水に遊び、長く宮廷の生活を忘れようと思う。どうすれば仙人の王子喬の道を得て、鶴に乗り仙界へ行くことができようか）（十一番詩）と詠むように、老荘的山水自然の中に理想の空間を得ようとしたのである。そのような精神性の源流は、張衡の「帰田の賦」に始まり、続く六朝《りくちょう》から唐へといたる中国文人の精神を支えた。特に六朝時代の文人たちは山水へと分け入り、新しい自然観を創り上げた。

旅人の求めた花の宴も、俗塵を離れた物外《ぶつがい》の遊びであり、自然の趣への関心にもとづく。その意味では、張衡の態度と等しいところにあろう。もちろん、旅人が不遇であったか否かは分からない。長屋王《ながやおう》事件との関係から旅人の境遇が推し測られているが、大切なことは、この花宴が官《かん》（公）という世俗から離れて梅花を愛でるという風雅を楽しむことが目的であり、それは奈良朝知識人が示した新たな遊びの態度だということである。そうした生き方は張衡や王羲之などの自由な精神に連なる中に存在したのである。

王羲之の「蘭亭序」を読む

王羲之と蘭亭の遊び

王羲之の「蘭亭序」は、「梅花の歌」の序の基本を形成した。その王羲之は三〇三年から三六一年の人。魏晋《ぎしん》時代の名門氏族である琅邪《ろうや》王の家に生まれた。字は逸少《いつしょう》。祖父は王正で尚書郎《しょうしょろう》となり、父は王曠《こう》で淮南《わいなん》(長江以北の地)太守《たいしゅ》となった。羲之が右軍将軍であったことから王右軍《おうゆうぐん》とも呼ばれる。その子に玄之《げんし》、凝之《ぎょうし》、徽之《きし》、献之《けんし》がいて、献之もまた著名な書家である。

史書の『晋書《しんじょ》』(巻八十)王羲之伝によれば、「雅《が》を好み、京師《けいし》にあることを楽しまなかった。初め浙江《せっこう》に渡り、そこを終焉《しゅうえん》の地とすることを決めていた。会稽《かいけい》には美しい山水があり、名士が多く居住していて、謝安《しやあん》（晋の著名政治家）がまだ出仕をしていない時にここに住んでいた。ほかに孫綽《そんしやく》、李充《りじゆう》、許詢《きよじゆん》、支遁《しとん》らは、みな文義をもって世に冠たる者であり、一緒に家を東土に築き住んだ、羲之の同好の仲間たちであった。かつて、同志と会稽山陰の蘭亭に集い宴会を開いた時に、羲之は自ら序を作りその志を述べた」とある。「蘭亭序」はこの会稽山陰の蘭亭に集い詩宴を開いた時の序文である。

王羲之は書聖として特に有名であり、献之も書をよくして、羲之と献之とを合わせて二王と称される。王羲之の書としては「蘭亭序」が特別に著名であり、それゆえに『万葉集』では「羲之」と書いて「てし」と訓ませている。王羲之がすぐれた書の師《し》（先生）であったことによる。古代日本でも王羲之は「手師《てし》」として尊敬されたのである。また「大王」も「てし」と訓まれるのは、王羲之と王献之とをならべて、父の王羲之を「大の王氏」として区別したことによる。奈良朝にあって王羲之の名声は高く、奈良朝知識人が憧れた書聖であった。

「蘭亭序」を読む

　蘭亭は中国浙江省紹興《しょうこう》県南西の蘭渚《らんしょ》にあった亭《ちん》（山水を廻《めぐ》らした休息所）をいう。晋の穆帝《ぼくてい》の永和九年（三五三）三月三日に、王羲之が文人謝安ら数十人を招き、蘭亭で曲水《きょくすい》の宴《うたげ》を開いた。上巳《じょうし》の節句は元来、三月上旬の巳の日であったが、六朝期に三月三日に行われるようになった。曲水の起源は衆人が川や池に出掛けて禊《みそぎ》をする行事にあったが、知識人たちは酒杯を曲水に流し、詩を賦す遊びとした。「蘭亭序」は、この曲水の詩宴に詠まれた詩の「蘭亭集」に付した序文である。なお、王羲之には「臨河敘《りんがじょ》」という一文があり、これも会稽山陰の蘭亭の会を記したもので、「蘭亭序」と同じ内容を取るが、後半に「右将軍司馬太原孫丞公等二十六人、詩を賦すこと左の如し。前余令会稽謝勝等十五人は詩を賦すことが出来ず。罰酒《ばっしゅ》として各三斗《さんと》」ということが加えられている。この時の詩会が酒令《しゅれい》（宴の規則で背くと罰杯《ばっぱい》がある）という遊びも含めた、詩酒の宴であったことが知られる。

　この「蘭亭序」は唐の太宗の墓に埋葬されたとされるが、諸本が伝わっている。ここでは正史である『晋書』王羲之伝が記録する「蘭亭序」を掲げる。

蘭亭序　王羲之

永和九年、歳《とし》は癸丑《きちう》に在《やど》る。暮春《ぼしゆん》の初め、会稽山陰の蘭亭に会《かい》す。事を修《をさ》むるなり。群賢《ぐんけん》畢《ことごと》く至り、少長《せうちやう》咸《ことごと》く集まる。この地に崇山《すうざん》峻嶺《しゆんれい》、茂林修竹《もりんしうちく》あり、また清流激湍《げきたん》あり、左右に映帯《えいたい》す。引きて以て流觴曲水《りうしやうきよくすい》となし、その次《つぎて》に列座《れつざ》す。糸《し》竹管絃《ちくくわんげん》の盛《さかん》なしと雖も、一觴一詠《いつしやういちえい》、また以て幽情《ゆうじやう》を暢叙《ようじよ》するに足《た》る。

この日や、天朗《ほが》らかに気清く、恵風《けいふう》和らぎ暢《の》び、仰《あふ》ぎては宇宙の大を観《み》、俯《ふ》しては品類《ひんるい》の盛《さかり》を察《さつ》す。目を游《あそ》ばせ懐《おもひ》を騁《は》する所以《ゆゑん》にして、以て視聴の娯《たの》しみを極《きは》むるに足る。信《まこと》に楽しむべきなり。

それ人の相与《あひとも》に、一世を俯仰《ふぎやう》するや、或いは諸《もろもろ》を懐抱《くわいほう》に取り、一室の内に悟言《ごげん》し、或いは託《よ》する所に因寄《いんき》し、形骸《けいがい》の外に放浪《はうらう》す。趣舎万殊《しゆしやばんしゆ》、静躁《せいさう》不同と雖も、その遇《あ》ふ所を欣《よろこ》び、暫《しばら》く己《おのれ》を得《う》るに当たりては、快然《くわいぜん》として自ら足り、老の将《まさ》に至らんとするを知らず。その之《ゆ》く所、既に倦《う》み、情《じやう》は事に随ひて遷《うつ》るに及んでは、感慨これに係《かか》れり。向《さき》の欣《よろこ》ぶ所は、俛仰《ふぎやう》の間に已に陳跡《ちんせき》と為《な》る。猶《な》ほこれを以て懐《おもひ》を興《おこ》さざる能《あた》はず。況《いは》んや修短《しうたん》の化《か》に随ひ、終《つひ》に尽くすを期《き》するや。古人の云《い》はく、死《し》生《せい》また大なりと。豈《あに》痛ましからずや。

毎《つね》に昔人の感を興《おこ》すの由《よし》を覧《み》るに、一契《いっけい》を合せたるが若《ごと》く、いまだ嘗《かつ》て文に臨んで嗟悼《さたう》せざるはあらず。これを懐《こころ》に喩《さと》ること能《あた》はず。固《もと》より死生を一にするは虚誕《きよたん》、彭殤《はうしやう》を斉《ひと》しくするは妄作《ばうさく》たるを知る。後の今を視《み》るも、また由《な》ほ今の昔を視るがごとし。悲しいかな。

故に時の人を列叙《れつじよ》し、その述ぶる所を録《しる》す。世は殊に事異《こと》なりと雖も、懐《おも》ひを興《おこ》す所以《ゆえん》は、その致《むね》は一なり。後の覧《み》る者は、また将《まさ》にこの文に感あらんとす。

永和九年癸丑の歳、暮春三月の初めにあたる。ここ会稽郡山陰県蘭亭に集ったのは、禊を行うためである。賢者らがみな集まり、老少もみな集まった。この地には高い山と険しい嶺、茂った林や長くのびた竹がある。また、清らかな流れや激流の瀬があり、影は左右に照り映えている。その水の流れを引いて、觴を流すための曲水を作り、みなは順次座に列した。糸竹管絃の賑わいはないといっても、一つの觴が廻りくる間に詩を詠じ、人知れぬ思いを述べるには十分である。

この日、天は晴朗にして春の気は清らかで、春風はおだやかに吹いている。仰いでは広大な宇宙を見、俯しては万物の盛んなさまを見る。こうして、目を遊ばせ思いを十分に馳せ、見聞の娯しみを尽くすことは本当に楽しいことである。

そもそも、人がともにこの世で暮らす上で、ある者は諸々の懐いを抱き、一室の内にあって友と語り合い、ある者は託す所に寄せて、心は身体の外に彷徨い出る。取捨選択はみな異なり、静謐と喧噪にも違いはあるが、一致すればよろこび合う。暫し自分の意のままになる時、人は快く自足した気分となり、老いが目前にくることに気づかない。ただ、その行き着く所に至れば、感情は事柄に従い移ろい、感慨もそれにつれて移ろってゆく。以前の喜びは束の間に過去となるのであり、それゆえに、感慨を催さずにはいられない。まして人命は物の変化に従い、ついには命の尽きる時を思えばなおさらである。昔の人も「死生はまことに人生の大事」と言っているが、これは何とも痛ましいことではないか。

常に昔の人が感興を催すのを見ると、割り符を合わせたかのように我の思いと等しく、いまだその文を読むたびに感嘆しないことはない。しかし、我が心を諭すことはできない。もともと、死と生を同一視するのは偽りであり、長命も短命も同じなどというのも偽りであることは知っている。後世の人が現在の我々を見るのは、また今の我々が昔の人を見るのと同じようなものだ。悲しいではないか。

それで今日ここに集う人々の名を列記し、それぞれ述べたところを記録しよう。世の中が移り、事柄が異なっても、人々が感慨を興すのは、つまりは一つである。後世のこの文を見る人も共感するにちがいない。

「蘭亭序」と「梅花の歌」の序

この「蘭亭序」をみると、張衡の「帰田の賦」よりも語彙の上ではいっそう「梅花の歌」

の序に近い。「天平二年正月十三日、帥老の宅に萃まりて、宴会を申す」という書き出しは、「永和九年、歳は癸丑に在る。暮春の初め、会稽山陰の蘭亭に会す」を意識してのことであろう。正月と暮春との相違は大きいが、正月という新たな年の花宴への喜びと、上巳という曲水の遊びへの喜びが二つの序を結びつけている。六朝の曲水は庭に曲がりくねった小川を作り、そこに盃を流し、盃が流れ来るまでに詩を詠むという遊びである。韓半島新羅《しらぎ》の鮑石亭《ほうせきてい》でも曲水の遊びが行われていたことが知られ、古代日本でも『懐風藻』に「三月三日曲水の宴」の題で山田三方は「流水の急を憚らず、唯恨む盞の遅く来たるを」(五十四番詩)のように詠んでいる。

その上で「蘭亭序」は「この日、天は晴朗にして春の気は清らかで、春風はおだやかに吹いている」と暮春の風光を愛で、さらに「仰いでは広大な宇宙を見、俯しては万物の盛んなさまを見る。こうして、目を遊ばせ思いを十分に馳せ、見聞の娯しみを尽くすことは本当に楽しいことである」と宴会の喜びを述べる。それは「梅花の歌」の序が「その上に、曙の嶺には雲が移り、松は薄絹のような雲を掛けて絹笠を傾ける風情であり、夕方の山の峰には霧が立ちこめ、鳥は薄物のような霧がこもる林に迷って鳴いている。庭には春の新蝶が舞い始め、空には秋に訪れた雁が故郷へ帰るところである」という、正月の風景を描いたところに該当する。むしろ、「梅花の歌」の序は積極的に季節の美しさを愛でることに力を注いでいる。

さらに、「人がともにこの世で暮らす上で、ある者は諸々の懐いを抱き、一室の内にあって友と語り合い、ある者は託す所に寄せて、心は身体の外に彷徨い出る」といった詠詩への誘いは、「梅花の歌」の序では「天を絹笠とし地を敷物として、みんなは膝を近づけ觴を飛ばしている。宴の席では言葉を交わす必要もなく楽しみ、心を美しい自然の外に開いている。爽やかな気持ちはみんなを自由奔放にさせ、心地よい宴の席はみんなを十分に満足させている」のだという。すでに春の美しい風光を目にして、余計な言葉はいらず、自由な心は自然を愛でて詩を詠むことに向かっているのである。そのような喜びを王羲之は「世の中が移り、事柄が異なっても、人々が感慨を興すのは、つまりは一つである。後世のこの文を見る人も共感するにちがいない」という。「梅花の歌」の序はこの一文を受けて、これらの梅の歌も後世に残すならば、それを見た人たちも共感するに違いないという思いがあったであろう。「古今夫何異矣」にその思いが託されている。

　もちろん、「蘭亭序」とには違いもみられる。「蘭亭序」には人生の悲しみが湛えられているのに対して、「梅花の歌」の序は正月を迎えて花宴の喜びが第一の主旨である。王羲之は「人命は物の変化に従い、ついには命の尽きる時」があり、古人のいう「死生はまことに人生の大事」という箴言《しんげん》を引き、何とも痛ましいことなのだという。そのことに当たるのが「梅花の歌」の序では「中国の古詩には落梅の篇を紀している。昔も今もこの楽しみは何か異なるだろうか」にあるが、ここに「蘭亭序」との大きな異なりがある。王羲之の場合は、人生観を述べることが〈志〉をいうことであり、それは中国文人たちの長い伝統の上での文章の態度である。「梅花の歌」の序が目指すのは人生観ではなく、懐かしい故郷への思いである。そのような異なりは、初めから目的を異にする宴会であるから、結論を異にするのは必然的なことであろう。

II 「梅花の歌三十二首」を読む

「梅花の歌三十二首」の世界

花宴の準備

　旅人官邸には三十二人の役人たちが集まり、順次、梅をテーマに歌が詠み継がれた。おそらく、この宴会は大宰府の正月賀正の礼に続いて行われる、旅人主催の饗宴がこのような花の宴に形を変えたものと思われる。元旦の礼は府庁内の役人たちで行われ、大宰府管内の正月の儀礼が十三日に行われたのである。宴会のために大宰府庁の厨房《ちゆうぼう》で用意された料理や美酒が運び込まれ、部屋には造花の梅花の花が飾られていたに違いない。すでに賓客たちは別室で賑やかにお喋りの最中であり、客人たちはどの席に座るのか待つのみである。そのようにして準備が整い、宴会の幹事から部屋に入ることの案内があり、各自が席に着く。旅人の子の家持も、旅人の妹の坂上郎女もこの花宴の末座に列したものと思われる。

三十二人の意味

　この宴会の参加者が三十二人であるのは、偶然ではなくある意味がある。それは宴会の準備と大きく関わる。大宰府管内の役人は正月礼に多く参加したはずであるが、最終的に歌を詠んだのが三十二人であったのは、その程度の人数が適切であったからである。先の蘭亭の宴を別に記した「臨河敘」によれば、詩を詠んだ二十六人と、詠めなかった十五人を合わせると四十一人である。梅花の宴で三十二人が歌を詠んでいるのは、ともかく歌を詠める者を三十二人選んだということであろう。そこには歌に無縁な者もいたが、幹事や旅人から諭された者もいたに違いない。そのようにして揃った三十二人の中で主人である旅人の歌が八番目に置かれていることは、一つのグループが八人構成であることを示している。一グループを八人とすれば、この宴には四つのテーブルが用意されたことになり、それで三十二人の構成だったのである。

　このように席順も決まり、やがて「一觴一詠」（一杯飲んで一首を詠む）の花宴が始まった。以下、巻五に収録された「梅花の歌」の三十二首を掲げる。

第一グループの歌

815　正月《むつき》立ち春の来たらばかくしこそ梅を折りつつ楽しきを経《へ》め　大弐紀卿
〔正月の月が立ち春が来たならば、こうして梅を折り挿頭して毎年のように楽しく過ごそう〕

816　梅の花今盛りなり散り過ぎずわが家《へ》の苑《その》にありこせぬかも　少弐小野大夫
〔梅の花は今が盛りである。散り過ぎずにわが家の苑にこのまま咲いていてくれないかなあ〕

817　梅の花咲きたる苑の青柳は蘰《かづら》にすべく成りにけらずや　少弐粟田大夫
〔梅の花が咲いている苑の青柳は、蘰にするようになっているのではないか〕

818　春去れば先づ咲く宿の梅の花独り見つつや春日暮らさむ　筑前守山上大夫
〔春が来ると先づ咲く家の庭の梅の花を、独り見ながら春日を暮らすことになるのだろうか〕

819　世の中は恋繁しゑやかくしあらば梅の花にもならましものを　豊後守大伴大夫
〔世の中は梅を愛でる思いに尽きることがない。このようなことなら梅の花になりたいものだ〕

820 梅の花今盛りなり思ふどち挿頭《かざし》にしてな今盛りなり　筑後守葛井《ふぢゐ》大夫

〔梅の花は今が盛りである。仲間たちよ、挿頭にして遊ぼう。今が盛りであるのだから〕

821 青柳梅との花を折り挿頭し飲みての後は散りぬともよし　笠沙弥《かさのしやみ》

〔青柳と梅の花とを折り取り挿頭して遊ぼう。宴楽を楽しんだ後は、散ってしまっても良い〕

822 わが苑に梅の花散る久方の天より雪の流れ来るかも　主人

〔わが家の苑に梅の花が散っている。いやこれは遥か遠くの天上より雪が流れ来たのだ〕

梅と雪の乱い

第一グループは花の宴の中心となる賓客であることは、ここに主人の旅人が加わっていることから知られる。紀卿はその中でも主賓であり、この宴の開会の挨拶としての歌を「梅を折りつつ楽しきを経め」と披露した。紀卿に始まる歌の並びからみると、席順は基本的に官位の高い順から進むように配慮されている。そのようにして廻って最後に主人の旅人の歌で終わる。それぞれの歌の内容は、正月を迎えて梅を挿頭（花木を頭に挿して楽しむ飾り物）として遊び、梅を愛でる喜びが続く。憶良が独りで見る梅を詠む（八一八）のは、本来は故郷で家族と共に愛でるべきことを思うからである。それは、参加者の思いの代弁である。その中で旅人の歌は特殊である。苑に散る白梅を見ながら、これは空から流れ来る雪ではないかという。散る梅と降る雪とを合わせたのは、官邸の庭に雪が降っているからではない。白梅と白雪との乱《まが》いを詠んだもので、それを風雅として描いたのである。

第二グループの歌

823　梅の花散らくは何処《いづく》しかすがにこの城《き》の山に雪は降りつつ　大監伴氏百代
〔梅の花が散っているのは何処か。さすがにこの城の山には雪が降り続いている〕

824　梅の花散らまく惜しみわが苑の竹の林に鶯鳴くも　小監阿氏奥嶋
〔梅の花が散ってしまうのを惜しんで、わが苑の竹の林に鶯が鳴いているよ〕

825　梅の花咲きたる苑の青柳を蘰にしつつ遊び暮らさな　小監土氏百村

〔梅の花が咲いている苑の青柳を、蘰にしながら遊び暮らしましょうよ〕

826 打ち靡く春の柳とわが宿の梅の花とを如何《いか》にか分かむ　大典史氏大原

〔枝が伸びて靡いている春の柳と、わが家の庭の梅の花とをどのように区分けしようか〕

827 春去れば木末《こぬれ》隠《がく》りて鶯そ鳴きて去《い》ぬなる梅が下枝に　小典山氏若麿

〔春が来たので梢に隠れて鶯は、鳴いて飛び去っている。あの梅の下枝に〕

828 人ごとに折り挿頭《かざし》つつ遊べどもいや珍しき梅の花かも　大判事丹氏麿

〔みんなは梅を折り挿頭しながら遊ぶのだけれど、いっそうすばらしい梅の花だ〕

829 梅の花咲きて散りなば桜花継ぎて咲くべく成りにてあらずや　薬師張氏福子

〔梅の花が咲いて散ったなら、桜の花が続いて咲くように成っているのではないだろうか〕

830 万世に年は来経とも梅の花絶ゆることなく咲き渡るべし　筑前介佐氏子首

〔万代にも年は過ぎたとしても、梅の花は絶えることなく咲き続けることであろう〕

梅に鶯を詠む

第二グループは、旅人の梅と雪との乱いを受けて、伴氏百代は城の山に雪が降り続いていることを詠む。梅の咲く季節は雪が降ることもあるから、春と冬との合間を詠んだのである。阿氏奥嶋からは咲いた梅を愛でることへと戻り、梅に鶯が鳴く風情や、柳や梅を挿頭として遊ぶ喜びが続き、佐氏子首は万代にも梅が咲き続くことを予祝して終わる。この中で阿氏奥嶋が梅の散る竹の林に鶯が鳴いていることを詠み、山氏若麿も木末に隠れて鳴く鶯を詠む。梅に鶯が来て鳴くという構図は日本人好みであるが、この宴には梅に鶯の描かれた屏風絵があったのであろう。梅に鶯という取り合わせは漢詩の世界であるから、その構図を倭歌として初めて成立させたのである。正月、梅、鶯という文化がここに成立している。

第三グループの歌

831　春なればうべも咲きたる梅の花君を思ふと夜寝《よい》も寝なくに　壹岐守板氏安麿

〔春となったのでまさに咲いている、梅の花よ。君を思うと夜も眠られないほどなのだ〕

832
梅の花折りて挿頭《かざ》せる諸人は今日の間は楽しくあるべし
神司荒氏稲布
〔梅の花を折って挿頭しているみなさま方よ。今日のこの日は楽しく遊びましょう〕

833
年の端《は》に春の来たらばかくしこそ梅を挿頭《かざ》して楽しく飲まめ
大令史野氏宿奈麿
〔毎年のように春が来たならば、このように梅を挿頭して楽しく飲もうではありませんか〕

834
梅の花今盛りなり百鳥《ももとり》の声の恋ほしき春来たるらし
少令史田氏肥人
〔梅の花はまさに今が盛りである。百鳥の声が恋しい春が来たようである〕

835
春去らば逢はむと思ひし梅の花今日の遊びにあひ見つるかも
薬師高氏義通
〔春が来たなら逢おうと思った梅の花だ。今日のこの遊びにようやく逢えたことだ〕

836
梅の花手折《たを》り挿頭《かざ》して遊べども飽き足らぬ日は今日にしありけり
陰陽師礒氏法麿
〔梅の花を手折り挿頭して遊ぶけれども、飽き足りない日は今日のこの遊びでありました〕

837
春の野に鳴くや鶯懐《なつ》けむとわが家の苑に梅が花咲く
笇師《さんし》志氏大道
〔春の野に鳴き続けている鶯だ。それを懐けようとしてわが家の苑に梅の花が咲いたよ〕

838
梅の花散り乱ひたる岡傍《をかび》には鶯鳴くも春かた設《ま》けて
大隅目榎氏鉢麿

〔梅の花が散り乱れている岡辺には、鶯がしきりに鳴くことだ。春がやって来たので〕

友として迎える梅

第三グループは、すでに歌われてきた梅への賞美が繰り返されている。この繰り返しは、梅への称讃が花宴の主旨であるから、その梅を楽しむ花宴への喜びという類型が生まれたことによる。その中で板氏安麿は梅の花の君を思うと夜も寝られないといい、高氏義通は春が来たら逢おうと思っていた梅の花だという。恋歌仕立てのような歌であるが、これは梅の花を親愛なる友として迎える態度である。梅は一年に一度だけ訪れる友人なのである。それだけに、親しく迎える。いわば、この花宴の最高の賓客は、まさに梅の花だというのである。

第四グループの歌

839　春の野に霧立ち渡り降る雪と人の見るまで梅の花散る　筑前目田氏真上

〔春の野に霧が立ち渡り降る雪ではないかと、人が見るほどに梅の花が散っている〕

840　春楊蘰《かづら》に折りし梅の花誰か浮かべし盃の上《へ》に　壹岐目村氏彼方《をちかた》

〔春の楊を蘰にするように手折った梅の花。誰が浮かべたのか盃の上に〕

841　鶯の音聞くなへに梅の花わぎ家の苑に咲きて散る見ゆ　対馬目高氏老

〔鶯の鳴き声を聞くごとに、梅の花がわが家の苑に咲いて散るのが見える〕

842　わが宿の梅の下枝に遊びつつ鶯鳴くも散らまく惜しみ　薩摩目高氏海人《あま》

〔わが家の梅の下枝に遊びながら鶯が鳴くことだ。散るのが惜しいので〕

843　梅の花折り挿頭《かざ》しつつ諸人《もろひと》の遊ぶを見れば京しぞ思ふ　土師氏御道

〔梅の花を折り挿頭しながら、みなさん方が遊ぶのを見ると京のことが偲ばれる〕

844　妹《いも》が家《へ》に雪かも降ると見るまでにここだも乱《まが》ふ梅の花かも　小野氏国堅

〔愛しい子の家に降る雪かと見るまでに、こんなにも乱れ散る梅の花であることよ〕

845　鶯の待ちかてにせし梅の花散らずありこそ思ふ子がため　筑前拯門氏石足

〔鶯が長く待ちかねていた梅の花よ。散らずにあって欲しい。愛しく思う子のために〕

846 霞立つ長き春日を挿頭《かざ》せれどいや懐かしき梅の花かも　小野氏淡理《たもり》

〔霞が立つ長い春日をこうして挿頭すけれども、いよいよ懐かしい、梅の花であるよ〕

懐かしき梅の花

第四グループの歌は、類型を持ちながらも田氏真上は雪と梅との乱いを詠み、小野氏国堅は愛しい子の家に降る雪かと思うほどに梅の花が散るのだという。これは旅人の歌の乱《まが》いを受けたものである。そして、小野氏淡理はこれらの歌を受けて春の永日に梅を挿頭して遊ぶけれど、いよいよ梅の花が愛しく思われるのだと詠んで、三十二首の歌を締めくくる。最後に淡理が登場したのは、この花宴の幹事を務めていたからであろう。

梅花の宴の余韻

員外故郷を思う

「梅花の歌三十二首」に続いて、「員外《いんがい》故郷を思《しの》ひたる歌両首」と題された無署名の歌が二首掲げられている。

847 わが盛りいたく降《くた》ちぬ雲に飛ぶ薬食《は》むともまた変若《をち》めやも
〔わが盛りはひどく衰えた。雲に飛ぶ薬を飲んだとしても、また若返ることがあろうか〕

848 雲に飛ぶ薬食むよは京《みやこ》見ば卑《いや》しきあが身また変若ぬべし
〔雲に飛ぶ薬を飲むよりは懐かしい京を見れば、老いぼれたわが身もまた若返ることだ〕

員外は員数の外の意であるが、この歌は「梅花の歌」のほかに加えたことにより員数外とした。「梅花の歌」との繋がりからみれば、梅花の歌ではないことによる「員外」であろう。ただ、員外というところには作者の孤独感がある。作者は故郷思慕の中にある帥の旅人であろう。すでに人生の盛りも終えて下り坂にある作者は、雲に飛びのるような若返りの薬を手に入れたいという。だが、雲に飛ぶ薬を飲むよりも、むしろ懐かしい奈良の京を見ればまた若返るだろうと思う。若返ることへの希望は故郷への思いからであるが、いまは懐かしい奈良の京へ帰るための気力すらも覚束ないのである。

年老いて思い出されるのは、故郷の山河であり懐かしい友である。それらに逢えるならば、ふたたび若返ることも可能だろうという。みんなが故郷を思い詠んだ「梅花の歌」を読み耽る中に思われた故郷思慕の歌である。かつて旅人は大宰帥に着任したころ、奈良の都が懐かしくないかと聞かれて「やすみししわご大君の食国《をすくに》は倭もここも同じとそ思ふ」（巻六・九五六）と答えている。それは部下を思う旅人の心遣いからであった。ここには、大宰府にあって故郷を思い続けてきた旅人の真情が窺えよう。

懐かしい故郷への余韻

員外の歌に続けて「後に追ひて和《こた》へたる梅の歌四首」という題のもとに、やはり無署名の梅の歌四首が載る。これも旅人の歌である。梅花の宴が盛会であったことの興奮が忘れられず、その余韻を楽しむ歌である。

849　残りたる雪に交じれる梅の花早くな散りそ雪は消ぬとも
〔消えず残って雪に交じっている梅の花よ。早く散らないでくれ。雪は消えるとしても〕

850　雪の色を奪ひて咲ける梅の花今盛りなり見む人もがも
〔雪の色を奪って咲いている梅の花は今が盛りである。一緒に見る人が欲しい〕

851　わが宿に盛りに咲ける梅の花散るべくなりぬ見む人もがも
〔わが家に盛んに咲いているこの梅の花。散る時となった。一緒に見る人が欲しいことよ〕

852　梅の花夢《いめ》に語らく雅《みやび》たる花とあれ思ふ酒に浮かべこそ
〔梅の花が夢の中に語るところでは、「雅やかな花だとわたしは思う、酒に浮かべよ」と〕

残った雪に交じって咲いている梅の花といい、雪の色を奪って咲いている梅の花という景は、旅人が梅花の宴で披露した梅と雪との乱いのことである。旅人は『懐風藻』で「梅雪残岸《ざんがん》に乱る」（梅と雪は崩れた岸辺に乱れている）（四十四番詩）と詠んでいる。旅人は白雪と白梅との紛いを詠むことに興味があり、そこには旅人が見出した「まがひ」という美学がある。この歌もそのような傾向にあり、旅人の作品と見て間違いない。後に述べるように梅花は故郷を思うことを主旨とする花であるから、この四首においても旅人は繰り返し故郷への思いの中にあったのである。

また、「わが宿」というのは旅人の官邸と思われるが、後述の「梅花落」を考えると、梅の花が散る懐かしい故郷の家の庭園（山斎《しま》）である。その時に一緒に見るべき人が欲しいという。大宰府には一緒に見る者は多いが、身分を離れて共に花を愛でるという真の友は難しい。これらを旅人が都の吉田宜《よろし》に贈ったことからすれば（巻五に吉田宜から旅人が贈った歌への返礼の歌が載る）、真の友は吉田宜であると思われ、ここには宜へ託した旅人の思いがあろう。

そして最後に、梅の花が夢で語ったことは「わたしは雅な花だと思うので、酒に浮かべよ」といったことが詠まれる。夢に琴の娘子が現れて、作者と問答を交わしたのも旅人である（巻五に藤原房前当ての書簡に見える）。すでに旅人は梅との会話の中にあり、わが心を知るのは梅の花だというのである。風流や風雅を理想として生きる旅人は、ここで梅の雅《みやび》と心を一つにしている。そのような旅人の雅を理解するのは、都の吉田宜だということであろう。こうした風雅は『懐風藻』に「酒中去輪沈む」(盃に月影が映っている)(十五番詩)という表現があり、またこの流れには「酒杯《さかづき》に梅の花浮け思ふどち飲みての後は散りぬともよし」(巻八・一六五六)と詠む旅人の妹の坂上郎女《いらつめ》の歌がある。梅花の宴の歌にも村氏彼方に同じ趣向の歌(巻五・八四〇)がある。

旅人がこのように「梅花の歌」に追和した心境を察すると、そこには故郷の旅人邸に咲く梅の花が思われている。大伴一族は旅人の本邸に集まり、梅の花を愛《め》でながら正月の宴を開いているのであろう。正月が来ると遠近から一族が集まり、賀正の宴が開かれた。そうした奈良の都は、旅人がいま帰りたいと望む本当の故郷であった。

Ⅲ なぜ、「梅花」だったのか？

梅の花を愛でる歴史

古代中国の梅

梅が初めて文献に登場するのは、古代中国においてである。もともと、梅は「烏梅《うばい》」という薬剤として用いられていた。『芸文類聚《げいもんるいじゆう》』に「神異経《しんいきやう》に曰《いは》く」として「烏梅をもちて二七（注…十四）日これを煮る。即《すなは》ち熟すれば、これを食し邪病《じやびやう》を治《をさ》む」とある。『旧《く》唐書《とうじょ》』列伝にも「家人疾病《しっぺい》すれば、医工治薬《いこうちやく》は、すべからく烏梅を用ふべし」とある。「梅」を一字ではなく、「烏」も加えて「烏梅」と書くのは、この薬剤が真っ黒であることによる。この用字は「梅花の歌」に「烏梅能波奈《うめのはな》」と表記するところにも見える。烏梅は梅の音仮名表記（一字一音表記）のようにみえるが、三十二首の中にこれが二十七例もみられ、梅は「烏梅」として理解されていたのである。

その梅の実を摘む詩が中国最古の詩集である『詩経《しきよう》』（五経の一。孔子《こうし》が纏めたともいわれる）の中に「摽有梅《へうゆうばい》」として載る。「摽有梅」とは梅の実を投げつけるという意である。この詩の注によると「摽有梅は、男女時に及ぶなり。召南《てうなん》の国は、文王《ぶんのう》の化により、男女得《う》るにもって時に及ぶなり」とあり、男女が時を得るというのは、婚姻の適切な時をいう。それで「摽有梅」というのは、梅の実を女子が男子に投げつけて求婚の意志を表す歌ということであろう。

摽《な》げた梅あり。その実は七つ。我を求むる庶士《しよし》。その吉《よ》きに迨《およ》べ。
〔投げ打った梅の実、その実は七つ。私を求める男子よ、その良き日を逃すな〕
摽げた梅あり。其の実は三つ。我を求むる庶士。その今に迨べ。
〔投げ打った梅の実、その実は三つ。私を求める男子よ、その今まさに逃すな〕
摽げた梅あり。頃筐《けいきやう》これを塈《と》る。我を求むる庶士。そのこれを謂ふに迨べ。
〔投げ打った梅の実、篭に入れてこれを取る。私を求める男子よ、その約束を逃すな〕

梅の実の収穫は、男女が入り交じっての集団労働である。女子たちは梅の実を拾いながら、その実を若者に投げ打ち嬉々《きき》として楽しんでいる。梅の実は実り熟した意を持つから、その実を男子にぶつけるのは、恋が実ることを意味する。梅の実の収穫の時は、こうして恋の生まれる時であり、女子が「良き日を逃すな」と呼び掛けるのは、恋を実らせて結婚しようという誘いである。そのようにして収穫した梅の実は篭に満ちて、「烏梅」を作る作業へと移る。

鮑照の梅花の詩

梅は愛でられるものではなく、「烏梅」という薬を作る実用性のものであった。その梅が愛でられるには、もう一つの段階があった。それは鮑照《ほうしょう》の「梅花落《ばいからく》」という詩にある。鮑照は字《あざな》は明遠《めいえん》。四〇〇年代初頭から四七〇年の宋代の人。宋の文帝の時に中書舎人《ちゅうしょしゃじん》、前軍参軍となり書記の任にあったが、反乱が起きて殺された。文学上では、七言詩が鮑照により新しい形成をみせた。

梅花落《ばいからく》

中庭に雑樹多く、偏《ひとへ》に梅のために咨嗟《しさ》す。君に問ふ何《なに》そ独り然《しか》ると。念《おも》ふ、その霜《さう》中《ちゆう》に能《よ》く花を作《な》し、霜中に能く実を作すを。春風に揺蕩《えうたう》せられて、春日に媚《こ》ぶるも、念ふ、爾《なんぢ》の零落《れいらく》して寒風を逐《お》ひ、徒《いたづら》に霜華《さうか》有るのみにして、霜質《さうしつ》無きを。

〔庭中にたくさんの木々はあるが、ひたすら梅のために感動する。君に聞くがどうして独り梅のためにそのように感動するのか。私が思うところでは、梅は霜の中でもよく花を咲かせ、実もつけるのは立派だからだ。しかし、お前さんたち雑樹は春風に揺られ、春日の暖かさに媚びるばかりだ。私が思うには、お前さんたちは寒風が吹くとすぐに散り、霜の花が白く置くのみで、霜に堪える性質が無いということだ〕

これは、鮑照と庭中の雑樹との会話の一節である。鮑照が霜中に咲く梅にひたすら感動し溜息をついていると、雑樹が問い掛けたのである。なぜそんなに梅のために感動しているのかと。そこで鮑照は、梅というのは霜中でも花を咲かせ実もつけるからだと答え、その上で雑樹たちは春風や春日に媚びるばかりで、冷たい風が吹くと散り、霜に堪える性質が無いではないかという。

鮑照と庭中の雑樹との会話ではあるが、梅が霜中に咲き実をつけるのは、寒さにも霜にも堪えて咲き実を結ぶ生き方への称讃である。そこには人々の人生に対する生き方が語られている。鮑照は梅のような生き方を潔しとしたのである。ここには、梅花の美しさを愛でる以前の、梅花の性質への称讃がある。霜中でも間違いなく毎年のように花を咲かせる信の置ける花への称讃である。そうした称讃は、やがて松・竹・梅の歳寒三友の一として愛でられ、日本では正月の門松へといたる。

楽府詩「梅花落」

「梅花の歌」の序に、「古詩には落梅の篇を紀している。昔も今もこの楽しみは何か異なるだろうか」とある。この古詩の「落梅の篇」とは、中国で古くから辺境に派遣された兵士らが梅が咲くと正月の来たことを知り、故郷や家族を思い、そこで歌ったという歌謡である。そのような歌謡を受けて六朝から唐代に笛の曲である「梅花落《ばいからく》」という楽府《がふ》（中国の音楽に関する役所でその詩も楽府と呼ぶ）の詩が詠まれるようになる。

梅花落　江総《こうそう》

胡地《こち》春の来ること少なく、三年にして落梅に驚く。偏《ひとへ》に疑ふ粉蝶《こてふ》の散るかと。たちまち雪に似て花開く。可憐《かれん》なる香気歇《つ》き、惜しむべし風の相摧《あひはば》むを。金鐃《きんだう》は且《か》つ韻《ひびき》なく、玉笛は幸いに徘徊《はいかい》す。

『陳詩』

〔胡地には春が来ること少なく、三年を経て散る梅に驚く。偏に疑うことは粉蝶が舞い散るのかと。たちまち雪のごとく梅の花が咲いたが、可憐な香気もつきて、惜しむべきは風が花を散らすことだ。銅鑼の音は且つ韻なく、玉笛は幸いに響いて来る〕

梅花落　盧《ろ》照鄰《しょうりん》

梅嶺《ばいれい》の花初めて発《はっ》し、天山《てんざん》の雪いまだ開かず。雪の処は花の満つるかと疑ひ、花の辺《あたり》は雪の回《めぐ》れるに似たり。風に因りて舞袖《ぶしう》に入り、雑粉《ざつぷん》は妝台《しやうだい》に向かふ。匈奴《きようど》幾万里、春至り来たるを知らず。

（『全唐詩』）

〔梅嶺の花は初めて咲き、天山の雪はいまだ消えない。雪の処は花が満ちているのかと疑い、花の辺は雪が廻っているようだ。風に因り花は舞袖に入り、白粉は美人の化粧台に向かう。匈奴は故郷から遠く幾万里、春が来たことも知らない〕

「胡地春の来ること少なく」も「匈奴幾万里、春至り来たるを知らず」も、辺境防備の兵士の思いである。「梅花落」とは故郷を離れた兵士たちの歌である。朱乾《しゆかん》は「梅花落は、春和のころに、軍士らが物に感じて帰ることを思い、それで歌とした」（『魏晋南北朝文学史資料』）という。それを古代中国の音楽所（楽府）に集めて「梅花落」と呼んだ。「梅の花落る」ことを歌い、辺塞《へんさい》の兵士たちが正月に故郷を思うのである。梅の花が咲くと正月となり、一年の過ぎたことを知る。梅が咲けば懐かしい故郷では家族たちが集まり、正月の宴を開く。それを懐かしく思い、兵士たちは「梅花落」を歌う。このように梅の美しさを愛でる以前には、懐かしい故郷を思う歌として存在したのである。そのような梅は梁《りよう》の簡文帝《かんぶんてい》の「雪の裏《うち》に梅花を覓《もと》むる詩」に「絶えて梅花の晩《おそ》きを訝《いぶか》り、争ひ来たりて雪の裏に窺う。下枝は低くして見るべく、高処は遠くして知り難し」のように、美しい梅花を詠む詩が成立する。

旅人の宴会の本旨は、梅花の美しさを愛でることにあるが、一方で懐かしい故郷を思う花として詠むことにもある。序文に「詩に落梅の篇を紀す。古今夫れ何そ異ならん。宜しく園梅を賦し聊か短詠を成さん」といったのは、この「梅花落」を指す。「梅花落」をみんなで歌い奈良の都を思おうということである。大宰府は遠く辺境の地であり、軍事拠点であるから各地の兵士（防人《さきもり》）たちが集まる。そのような辺境の地にあって、梅の花の咲く正月にわれわれも故郷を思い、それを歌編として編もうというのである。そのようにして編まれたこの「梅花の歌三十二首」は、「梅花落」という歌編として成立し、日本文学の理念となる雪月花や花鳥風月という美学の出発を告げることとなった。

大宰府の「梅花落」

「梅の花落る」と歌うこと

楽府の「梅花落」という歌は、その題のように「梅の花落る」をテーマにした歌である。大宰府の花宴に参加した人たちは、「梅花の歌」に「梅の花落る」歌も含まれること、また「梅の花落る」歌を詠むことで、懐かしい故郷を思う宴であるということを理解していたものと思われる。そのことは、三十二首の歌から確かめられる。

正月を迎えて梅の花が咲いたのを喜び開かれた花宴であるから、「梅花の歌」は「梅の花咲く」と歌い愛でるのが基本であろう。しかし、三十二首の中には主人の「わが苑に梅の花散る」をはじめ「梅の花散り乱ひたる岡傍には」など、梅の散る様を詠んだ歌が十一首に及ぶ。つまり、三分の一の歌が散ることを詠む。これは明らかに「梅花落」を「梅の花落る」と翻訳したことを物語っている。そのような歌を交えながら梅花の歌が詠まれたのである。そのことを通して、「梅花の歌」が兵士たちによる故郷を思う歌であることを示した。それを意図したのは旅人であり、花宴の始まりに前もって三十二人の人たちに「梅花落」の主旨を解説したものと思われる。

「わが宿の」と歌うこと

それは、「梅の花落る」のみではない。この歌群にはさらに「春の柳とわが宿《やど》の梅の花とを如何《いか》にか分かむ」と詠まれ、「梅の花わぎ家の苑に咲きて散る見ゆ」とも詠まれる。さらには「妹《いも》が家《へ》に雪かも降ると見るまでに」とも詠まれ、そうした歌は七首も見られる。なぜこれらの歌には「わぎ家」や「妹が家」が詠まれるのか。梅花の宴の舞台が大宰府旅人官邸でありながらも、ここに参集した歌人たちは、実は懐かしい奈良のわが家の庭の梅を詠んでいるということである。

このように故郷の家の庭の梅を詠むのは、すでに述べたように梅花を歌うことが故郷を思うという意味であったからである。「梅花落」という楽府詩は辺境防備の兵士たちが歌うことによって、それは懐かしい故郷を思う歌となった。大宰府もまた辺境防備の地であることにより、ここに梅の花が選ばれたのである。懐かしい故郷では親兄弟たちが正月の宴を開いていることであろう。その家族に一人欠いている、それが私だということになる。故郷でもまた我を思っているに違いない。そこには、旅人や参列者たちの故郷への思いが託されていたというべきである。

Ⅳ　旅人と大宰府の文学

旅人と憶良

世間虚仮の悲しみ

大伴旅人の文学、広くいえば大宰府の文学、さらに『万葉集』の第三期を代表する文学は、この大宰府にあって成立する。その出発を告げたのは、旅人の妻の死であった。旅人の大宰府赴任にともない、妻も同道した。その妻は旅の疲れで大宰府に着いて間もなく没する。神亀五年（七二八）春のころである。そうした凶事を慰めてくれた者への挨拶の歌を次のように詠んでいる。

大宰帥大伴卿の凶問《きようもん》に報《こた》へたる歌一首

禍故《くわこ》重畳《ちようでふ》し、凶問《きようもん》累集《るいじふ》す。永く崩心《ほうしん》の悲びを懐《いだ》き、独り断腸《だんちやう》の泣《なみだ》を流す。但、両君の大助に依りて、傾命《けいめい》纔《わづか》に継ぐのみ。〔筆の言を尽くさぬは古今の歎く所なり〕

793　世の中は空しきものと知る時しいよよますます悲しかりけり

神亀五年六月二十三日

大宰帥大伴卿が凶問に報えた歌一首

禍がいくつも重なり、弔問の問い合わせを多くいただいた。永く心の折れた悲しみを懐きつつ、独り断腸の涙を流しているばかりです。但、両君の大いなる助力に依って、死にそうな命も纔に継いでいます。〔文章で意を尽くすことが困難なのは古今の嘆く所です〕

世の中は空しいものであると知った時に、いよよますます悲しくあることです。

神亀五年六月二十三日

「凶問」とは旅人を襲う禍《わざわい》に対する慰めである。その禍の中でも、妻の死は最たるものであった。「世の中は空しきもの」とは、仏教の教えである世間無常をいう。聖徳太子は妻にこの世は仮のものでしかなく（世間虚仮《せけんこけ》）、それゆえに仏のみが真実なのだ（唯仏是真《ゆいふつぜしん》）と説いた（「天寿国繡帳《てんじゆこくしゆうちよう》」）。世間は嘘《うそ》であり仮のものだというのは、深く仏の教えを理解した太子の言葉である。そのことの理解から、奈良朝の知識人は世間無常を教養とした。それが旅人のいう、「世の中は空しきもの」である。しかし、この言葉を理解することは、聖徳太子のいう「唯仏是真」を前提としなければならない。世俗の「仮」に対して仏の「真」である。それを一対として理解すべきことを太子は教えたのである。

それゆえに、旅人は「知る時し」という。妻を失って現実的な「空《くう》」（虚仮）を知ったという。そこから「唯仏是真」へと向かうべきであるが、「いよよますます悲しかりけり」と嘆き悲しむ。この悲しみは世間虚仮を理解したがゆえの悲しみであり、そこには逆に世俗への深い愛着があろう。この旅人の歌は、仏の教える理《り》と世俗の情《じよう》という二つの対峙《たいじ》した中にある。むしろ、旅人は仏教が否定する愛着《あいじやく》こそが人間の道理だとみている。ここには、俗に生きる人間の悲しみを優先させる旅人文学が登場している。

山上憶良の慰め

旅人の悲しみを慰めたのは、筑前の守として着任していた山上憶良であった。その憶良は、漢文の序と漢詩を旅人に贈っている。漢詩には次のように詠んでいる。

愛河《あいが》の波浪《はらう》は已《すで》に先づ滅《き》え、苦海《くかい》の煩悩《ぼんのう》も亦結《むす》ぼほること無し。従来此の穢土《ゑど》を厭離《えんり》し、本願《ほんぐわん》は生《せい》を彼《か》の浄刹《じようせつ》に託《たく》さむことを。

愛河の波浪は已に先ず消滅し、苦海の煩悩もふたたび結ばれることはありません。もとよりこの穢土を厭離して、本来の願いは生をあの浄土に託すことでした。

この七言の詩は、妻の立場から夫の旅人を慰めたものである。旅人の悲しみは世俗の愛《あい》着《じやく》にあるが、妻はそうした愛着（愛河・苦海）もなく、もとよりこの穢土を離れ、浄土へと死後の生を託すのが願いだったというのである。この世に妻への愛着を持ち続け、悲しみ続けることは妻の願いではないというのである。死は不可避であり、やがて浄土へと向かう。そこは安楽な苦しみのない仏土《ぶつど》である。旅人が「いよよますます悲しかりけり」と嘆き愛着に固執したのに対して、妻は「唯仏是真」をもって答えたということになる。

この漢詩には漢文の序が付されていて、そこでは「あらゆる生命の生や死というのは、夢がみんな空しいのと同じようなものであり、死後に三界《さんがい》（欲界・色界・無色界）を漂い流れ行く様子は、あたかも輪《わ》の上を止むことも無く行くようなもの」だといい、「二匹の昼夜の鼠は競って走り行き、目の前を度《わた》る鳥は夜明けに飛び去り、地水火風の四蛇《しだ》は激しく争い侵し、隙間《すきま》を過ぎる駒《こま》は夕べに走り去る」のだという。これは、この世が無常迅速であることを説いたのである。また、「美しい紅ら顔は三従《さんじゅう》と共に永遠に去り逝《ゆ》き、あの美しい白い肌も四徳《しとく》とともに永遠に滅ぶ」のであり、「偕《とも》に老いるまで一緒だと交わした約束に違い、群れを離れた鳥のように独り飛んで、人生の半ばに生きることになる」のだという。これは、夫婦の別れを仏教と儒教の思想から説いたのである。これらは一般論であり、世の道理の説である。しかも、「黄泉《こうせん》の門が一たび掩《おお》われると、ふたたび見る術《すべ》もありません。ああ　実に哀しいことです」という嘆きは、絶対的な道理であった。憶良はそうした世の道理をもって旅人の悲しみを慰め、妻の思いを詩に託したのであった。

酒を讃める歌

讃酒と反俗

大伴旅人を代表する作品は「讃酒歌《さんしゅか》十三首」である。古代に酒は公的な場で儀礼的に飲まれるのを常としたが、旅人の酒によってその趣を大きく変えた。それは個人的であり、個性的な酒との接し方である。後の藤原万里《まろ》（麿）は「暮春第園の池に置酒す并せて序」の中で「僕《われ》は聖代の狂生なり。直《ただ》に風月を以て情となし、魚鳥を翫《がん》となす。名を貪り利《むさぼ》を狥《もと》むるは、未だ沖襟《ちゅうきん》に適《かな》はず」（『懐風藻』九十四番詩序）と述べている。万里にとっての酒は風月に遊び魚鳥を楽しむことであった。しかも、公（聖代）とは名を貪り利を狥める所なのだという。それは明らかに立身出世を求める官僚世界を意味する。それを否定するのが酒であり、酒は狂生という態度を装うものであった。

旅人がいう酒は、まさにここにある。旅人の詠む酒は中国の魏晋時代の竹林の七賢や陶淵明といった知識人たちの酒に類し、六朝的である。「讃酒」というテーマそのものも、魏の劉伶《りゅうれい》に「酒徳頌《しゅとくのしょう》」があり、晋の戴逵《たいき》に「酒讃《しゅさん》」がある。彼らは大酒飲みで酒を飲むことで政治を批判し、世俗の愚を笑う。儒教主義の政治は形式のみを重んじ、また門閥《もんばつ》政治が横行する時代の中で、士大夫《したいふ》や知識人たちは政治的不遇の時代を迎えた。それは旅人の飲酒に直接的に関与しないが、旅人の讃酒歌には七賢や陶淵明《とうえんめい》の飲酒の精神がみられ、背後には六朝の知識人と等しい孤独感が漂っている。その中の陶淵明には「飲酒二十首」の詩があり、

道喪《うしな》われて千載《せんざい》に向《なんなん》とし、人人その情を惜しむ。
酒あるも肯《あへ》て飲まず、ただ世間の名を顧みる。
わが身を尊ぶ所以《ゆえん》は、豈《あ》に一生にあらずや。

一生また能《よ》く幾《いく》ばくぞ。倏《すみや》かなること流電の驚かすが如し。
鼎鼎《ていてい》（速やかなこと）たり百年の内、此れを持して何をか成さんと欲する。

と詠んでいる。人生は短く、成すべきことも多くない。それを憂えることよりも、酒を飲むべきだというのである。中国飲酒文学の名詩である。古く中国の酒の詩は、漢の楽府に「西門行」があり、

人生百に満たず、常に千歳の憂ひを懐《いだ》く。
昼短く、夜の長きに苦しむ。何ぞ燭《しょく》をとりて遊ばざる。

という。これを源流として飲酒文学の歴史が始まる。
以下、「讃酒歌」の一連十三首を見ると、ここには一定の構成を配慮して配列されたように思われる。三首一組を基準として三首の最初の一首が柱の役割をつとめ、後の二首

がその根拠を述べ、それを十二首まで繰り返し、十三首目の一首で結論としたと考えられる。

大宰帥大伴卿の讃酒歌十三首

338 験《しるし》無き物を念はずは一坏《ひとつき》の濁れる酒を飲むべく有るらし
〔効果のないつまらぬ物思いなどしないで、一坏の濁り酒を飲む方が良くあるらしい〕

339 酒の名を聖《ひぢり》と負《おほ》せし古昔《いにしへ》の大き聖の言の宜しさ
〔酒の名前を聖人と名づけたという古い時代の、偉大な聖人の言葉の何と良いことか〕

340 古《いにしへ》の七の賢《さか》しき人等《ひとども》も欲り為し物は酒にし有るらし
〔古い昔の七人の賢い人たちも、欲したものは酒であったらしい〕

効果のない物思い

「効果のないつまらぬ物思い」というのは、政治的な主張や論議に対してである。当時の政治は儒教の思想を基準としていたから、効果のない物とは、形骸化した儒教の政治思想を指す。口角泡を飛ばして主張する真面目な論も、建前のみの理想を説く論も、何の効果もないのだという。そんな物を思うよりも、一杯の濁酒の方が勝っているというのは、政治や世俗から逃れる態度である。旅人には旅人なりの政治的理想があるが、そのような理想はいまの政治の中では通用しない。もちろん、国政を左右する論議と一杯の酒とを並べて、一杯の酒の方がすぐれているというのは、価値の転倒に過ぎない。しかし、そうした価値の転倒にこそ、旅人が酒を讃める根拠がある。

酒の名前を「聖」と名づけたのは、魏《ぎ》の徐邈《じょばく》である。『魏書』徐邈伝には次のように語られている。禁酒令が出されても、徐邈はひそかに酒を飲んで酔っぱらっていた。それを咎める者が天子に忠告した。徐邈は普段から酒を飲み、清酒を聖人といい、濁酒を賢人といっていた。飲酒を咎められた徐邈は、「私は真面目な人間であり、聖人の言に当たって顔が赤いのだ」と釈明して飲酒の罪を逃れたという。儒教の政治のためには、禁酒令も出される。政治と飲酒とは対立する概念であった。大聖とは儒教の祖の孔子であるが、旅人はそれと対比して徐邈が大聖だと褒める。そこにも価値の転倒が見られる。

竹林の七賢は、世に知られた賢人である。魏の時代に竹林に隠れ、世俗の愚かさや腐敗した政治に背を向けて清談《せいだん》をした。『晋書《しんじょ》』（巻四十九）の「阮籍《げんせき》伝」に、阮籍は天下の名士に交わらず、世事にも関わらず、常に飲酒していたとある。門閥《もんばつ》政治の時代に能力があっても評価されず、それで世事に与《くみ》せずに飲酒を常とした。その甥《おい》の阮咸《げんかん》も『晋書』（巻四十九）の伝に、七月七日の衣服を曝《さら》す日に、隣の金持ちの阮家《げんけ》では錦を晒《さら》し目に鮮やかであったので、竿《さお》に大きな犢鼻褌《ふんどし》を掛けてそれを日に曝したという。他の七賢たちも同様にそうした奇行《きこう》でならした。彼らは政治や世俗の愚を嘲笑《ちょうしょう》し、癒されない心を酒に求めたのである。酒に酔っている間は世間の愚を忘れたからであり、そのために酒を飲み続けた。旅人が七賢に憧れたのは、世俗の賢人ではなく真の賢人に対してである。ここには、二つの「賢」の対立がある。

341　賢《さか》しみと物言ふよりは酒飲みて酔《ゑ》ひ哭《な》き為るし益りたるらし

342　〔賢い人間であると偉そうな物を言うよりも、酒を飲んで酔い泣きするのが勝っているようだ〕

言はむすべ為《せ》むすべ知らず極《きは》まりて貴《たふと》き物は酒にし有るらし

〔言うべき方法もなすべき方法も分からないほどに、極まって貴い物は酒にこそあるようだ〕

343　中々に人と有らずは酒壺に成りにてしかも酒に染みなむ

〔中途半端に人でなんかあるよりは、いっそ酒壺に成ってしまいたいことだ。酒に染みよう〕

酒壺になりたい

「賢しみ」とは、立派な賢人の態度である。後ろの歌に見える「賢良」に等しい。彼らの言説は常に正しく、それが正論である以上批判するのは困難である。そのような彼らは、賢人らしく立派なことをいう。しかし、その言葉には実践が伴わず、有言実行ではないのである。それを旅人が「賢しみ」と呼んだ時に、賢人の態度は転倒して「かしこぶる」という意味になる。建前のお喋りよりも、酒を飲んで酔っている方がまだ勝れているというのが旅人である。有言不実行であるよりは、一杯の酒で酔う人間を価値とする。もちろん、酔い哭きは社会的にも人間的にも愚とみなされる対象であるから、「賢」と「愚」とが対立する。しかし、旅人はかしこぶる賢人を愚としてその価値を転倒させるのである。

立派な言説よりも一杯の酒が勝るという根拠は、どこにも存在しない。どこにも存在しないが、酒を飲めば知られるという。なぜなら、何と言って良いのか、どうしたら良いのかも分からないほどに貴いからである。酒は立派な言葉を遥かに超え、酔えば宇宙的な存在となるのである。七賢たちが欲したのは、そのような酒の徳である。『全晋文』（巻一三七）戴逵《たいき》の「酒賛并序」には、酒に酔えば何物も目に入らず、何物も耳に入らず、楽しいばかりだという。多く用いられる「らし」というのは、絶対ではないがそれが正しいはずだという言い方である。

中途半端な人間であるよりも、酒壺になってしまおうという。酒飲みならば中途半端な人生よりも、酒壺を希望するかも知れない。そのような意表をつく態度は、三国呉国《ごこく》の鄭《てい》泉《せん》に倣《なら》おうというからである。『三国志』（巻四十七）「呉書《ごしょ》」の呉主《ごしゅ》伝によれば、鄭泉は大酒飲みで、その遺言に自分が死んだら陶器を造る家の側に葬れと依頼する。その理由は百年の後に土になり、陶家に取られて酒壺になるかも知れないからだという。酒飲みの極みを行く故事であるが、それほどまでに酒を愛好するのは、この世の不合理を正気で見たり聞いたりすることが出来ないからである。真面目に生きることは流れに棹さすことであり、この世は生きにくい。旅人が酒壺となり酒に染みるのを希望するのは、正気であることが出来ないからである。これも酒が貴いことの根拠である。

344 あな醜《みにく》賢良《さかしら》を為《す》と酒飲まぬ人をよく見れば猿にかも似る

〔ああみっともない。立派なことをする酒を飲まない人をよく見ると、猿に似ていることだ〕

345 価《あたひ》無き宝と言ふとも一坏《ひとつき》の濁れる酒に豈益《あにまさ》めやも

〔値段も付けられない宝だといっても、一坏の濁り酒に勝ることがあろうかなあ〕

346 夜光《よるひか》る玉と言ふとも酒飲みて情《こころ》を遣《や》るに豈若《しか》めやも

〔夜に光る玉だとはいっても、酒を飲んで心を解き放つことに、及ぶだろうかなあ〕

賢良は猿に似ている

みっともないのは、「賢良《さかしら》」をすることだという。「賢良」とは形容詞の「賢《さか》し」に接尾語「ら」の接続で「かしこぶる」意とされる。しかし、これは「賢良《けんりょう》」という漢語を「賢しら」へと翻訳した旅人の造語である。賢良とは中国の隋時代から行われた科挙《かきょ》試験（国家公務員試験）の一つの科目であり、これに合格すれば大変な権力と財産とを手に入れることが出来た。科挙以前においても賢良を推挙する制度があり、『史記』（巻一一二）の平津侯主父列伝《へいしんこうしゅほ》に、天子が即位した時に賢良文学の士を招き、このとき歳六十の公孫弘が賢良に徴されて博士となったとある。平津侯とは公孫弘《こうそんこう》のことで、絶大な権力を揮った。古代日本では『続日本紀《しょくにほんぎ》』文武天皇大宝三年（七〇三）七月に「詔《みことのり》して五位以上の賢良方正《ほうせい》の士を挙《あ》げしむ」とあるのが初見で、五位以上の者から「賢良方正の士」の推挙が命じられている。古代日本は科挙試験ではなく、周囲からの推挙制で賢良が取り立てられた。この賢良方正の士は儒教の教えを理解して政治を行う知識人たちであり、『漢書』の文帝紀に見える賢良の士は、天子に直言極諫《ちょくげんきょっかん》する役割を担う。そのような賢良らの言は常に正しい。それを旅人は「醜《みにく》い」という。酒も飲まずに得々《とくとく》と道理を並べ、その熱意によって顔が真っ赤に上気しているからである。それを、旅人は赤い顔の猿のようだという。もっとも、酒飲みの赤い顔も猿のようである。ここにも、酒による価値の転倒が窺える。

酒の価値を論ずることは困難であり、酒の素晴らしさは理屈ではない。しかし、値段が付けられないような宝物でも、一杯の濁り酒に比べれば価値などないと旅人は主張する。「価無宝《むかほう》」は無価宝珠《ほうしゅ》のことで、この世の最高の宝である。王侯貴族はその宝を手に入れるために躍起になるが、それを手に入れたとしても、人間の孤独や哀しみを消し去ることは出来ない。それゆえに、旅人はそれを癒やすたった一杯の濁酒にこそ価値があると説くのである。

無価宝珠は一杯の濁酒に及ばないとした旅人は、同じ論法で夜光の玉も無価値な宝だと否定する。夜光の玉は「夜光の璧《へき》」で知られる宝物であり、権力者が求めて止まない宝として中国の文献に多く見られる。しかし、それも旅人によって何の価も無い宝へと転落させられる。それよりも、酒を飲んでこの憂鬱の心を追い払うことの方が価値が高いのだとする。夜光の璧よりも一杯の濁酒の方が勝れていると説くのは、この世の真実を示すためである。「情を遣《や》る」とは、人生の悲しみや苦しみを追放することである。そこに酒の貴い根拠が示されている。

347　世間《よのなか》の遊びの道に冷《すず》しくは酔《ゑ》ひ泣き為るに有るべかるらし
〔世の中の遊びの道にあって、心が清められるものは酔い泣きすることにあるようだ〕

348　この代にし楽しく有らば来む生《よ》には虫に鳥にも吾は成りなむ
〔この世に楽しくさえあれば、来世においては虫にでも鳥にでもわたしはなりましょうよ〕

349　生ける者遂にも死ぬる物に有ればこの生なる間は楽しくを有らな
〔生きている者はついには死んでしまうものだから、この世にある間は楽しくありたいものだ〕

酒に対して歌うべし

古代で「世間の遊びの道」というのは、貴族ならば蹴《け》鞠《まり》や狩猟などスポーツ関係の遊びであろう。あるいは、歌舞音曲や囲碁《いご》などの文化的な遊びもある。それらがどれほどの遊びの道といえるのか、疑問とする。それよりも、世間の遊びの道で優れているのは、酒を飲んで酔い泣きをすることだという。『文選』(巻四十二)李少卿《りしょうきょう》の「孫会宗書に報いる」に「君子は道に遊び、楽しみ以て憂を忘る」とあるのによれば、遊びは憂いを忘れる方法である。しかし、旅人は君子の遊びに価値を置かず、爽《さわ》やかな遊びの道は酔い泣きにあると断言する。酔い泣きは俗世間を棄てた者の遊びであり、世間の者が愚と思う酔い泣きこそが遊びの本道だとする。

酒を飲むことは、五戒《ごかい》の不飲酒《ふおんじゅ》を破る罪である。これは仏教の説く戒律《かいりつ》であり、当時の知識人の基礎知識である。飲酒の戒めについて『正法念処経《しょうぼうねんしょきょう》』(巻第七)では「今説く、飲酒楽行《らくぎょう》を多く作《な》せば、則《すなは》ち叫喚《けうくわん》大地獄の中に生まる」と戒める。それは出家者にのみ科されたのではなく、在家者《ざいけしゃ》にあっても不飲酒を含めた五戒を守らなければならなかった。その根拠は生命が輪廻《りんね》するからであり、戒めを破れば次の世に福を得られず、地獄や人間以外のものに生まれ変わるからである。そうした輪廻の教えは中国六朝時代に深刻に受け止められて、中国社会に仏教が広く受け入れられる要因となった。しかし、旅人はこの不飲酒の戒めに対して宣戦布告をする。酒を飲んで今の世を楽しむことが出来れば、あとは虫になっても鳥になっても良いのだという。そこには現実主義者の態度がある。仏教が隆盛していた奈良朝初頭に、このような仏教への挑発を可能としたのは、酒への確かな信頼からである。七賢たちの酒が旅人の精神を支えていた。

生者必滅の道理は仏教の教えであり、それは無常を意味する。後生のためには善を積み、悪をなさないことが説かれた。それは世の道理として当時の人たちに理解され、旅人もそのように理解している。だが、そこに疑われるのは「来世」が存在するのか否かである。来世が存在しなければ、仏の教えは詐偽《さぎ》である。後漢の時代、范縝《はんしん》が「神滅論《しんめつろん》」（魂は滅びるの論）を論じたのに対し、仏教側が「神不滅論《しんふめつろん》」（魂は滅びないの論）で反論した。魂は存在するか否かをテーマとした、儒教と仏教との論争である。いま旅人もその論争に加わり、立場は「神滅論」にある。生者必滅という道理は古今の真理だが、それと来世が存在するという理屈とは別である。魂の存在が保証されない限り、来世は保証されない。それゆえに、生者必滅という道理に基づくならば、生きている内に楽しく遊ぶ方がましではないかというのが旅人の「神滅論」である。魏の武帝は「短歌行《たんかこう》」(『文選』)で「酒に対して歌うべし。人は幾何《いくばく》も生きられない。朝露のようなもの。過ぎ去った日々は苦しみが多かった。怒りそして悲しむべきだ。憂いは忘れ難い。何で憂いを忘れよう。ただ酒があるのみだ」と歌い、人生の憂いを解くのは杜康《とこう》(杜氏《とうじ》の名で酒を指す)あるのみだという。それに倣い、旅人も今生の憂いを解くのは酒にあるとする。それも酒の貴い理由の根拠の一つである。

350　黙然《もだ》居《を》りて賢良《さかしら》為るは酒飲みて酔《え》ひ泣《な》き為《す》るに尚如《なほし》かずけり

〔黙って立派な行為をするのは、酒を飲んで酔い泣きするのに及ぶものではない〕

酔い泣きの徳

この歌は一連十三首の最後を飾り、独立して十三首全体の結論とする。「黙然」として

「賢良」をするのは真面目な官僚であり、儒教の正しい政治を行う者である。寡黙にして実践家で、しかも酒は飲まない。「賢良」とは科挙試験（官吏登用試験）の「賢良」という分野をいい、中国全土から集まる受験生の中から、せいぜい一人か二人が合格する程度の難関である。賢良試験に合格した者は賢良と呼ばれ、天子に直接諫言することが出来た。そのため、その時代に絶大な権力を握った。「賢良」とはそうした官吏を指し、旅人が酔い泣きをもって立ち向かうのは、他に手立てがないからである。いわば、賢（論理あるいは理屈）に対しては愚（酔い泣き）をもって向き合ったのである。

こうして「讃酒歌十三首」は展開してきたが、旅人の主張する「讃酒」の主旨となる骨格は、それぞれの柱が「賢良」の否定と「酔哭」の肯定という繰り返しにある。それを示せば次のようになる。

341　賢しみの否定　　　　酔い泣きの肯定
344　賢しらの否定

347　酔い泣きの肯定
350　賢しらの否定　酔い泣きの肯定

旅人の「讃酒歌十三首」は、『万葉集』の中でも特異な存在である。そこには中国六朝時代の風を受けていることは明らかであり、そのような精神性が古代日本にも育ってきたことを意味している。それは旅人の生の実態や政治力学に沿うか否かという問題にあるのではなく、酒という素材に基づいて思いを述べる精神文化の成熟の問題である。飲酒文化の広がりや成熟は、このような所から出発したのである。旅人の「讃酒歌」は、日本に登場した最初の「飲酒文学」である。

愛は限り無く

巻三には「讃酒歌」に続いて、旅人が故人を思う歌を配列している。「故人」とは、大宰府へ同道した亡き妻のことである。旅人は公務の間にも独り酒を飲む間にも、亡き妻を偲んでいたのである。十一首の歌が時を追って掲げられていて、妻を思う限り無い愛の心が綴られている。

神亀五年戊辰《ぼしん》に、大宰帥大伴卿の故人を思《しの》ひ恋ふる歌三首

438　愛《うるは》しき人の纒《ま》きてし敷細《しきたへ》の吾が手枕《たまくら》を纒く人あらめや

右の一首は、別れ去りて数旬を経て作れる歌なり。

〔愛しい妻が巻いた夜床のわたしの手枕を、これから巻く人があるのだろうか〕

439　還《かへ》るべく時は成りけり京師《みやこ》にて誰《た》が手本《たもと》をか吾が枕《まくら》かむ

〔故郷へ帰るべき時になった。京師の家ではいったい誰の袂をわたしは枕として巻くのか〕

440　京師なる荒れたる家に一人宿《ね》ば旅にまさりて辛苦《くる》しかるべし

右の二首は、近く京に向かふ時に臨みて作れる歌なり。

〔奈良の都にある荒れてしまったわが家に一人で寝ると、旅にも勝って辛いことであろう〕

故人を偲ぶ

大宰帥として神亀四年の末か五年春ころに着任し、間もなく同道した妻の大伴郎女を失う。妻が去ってから数旬を経て作った歌と左注にあるから、一カ月程度を経たころに詠んだ歌であろう。手枕とは、妻との共寝のことであり、妻が手を枕としてくれたのである。これは夫婦の寝室の内側のことであるが、それを表に出すことで愛の表現とした。しかし、妻の死の悲しみを共寝の形で表現するのは、この歌が非公開を前提として成立したからであろう。恋歌が虚構の中にあるのに対して、この場合は現実の中にある夫婦の関係を描く。悲しみの感情が赴くままに、旅人はその心を詠んだのである。心に生じる悲しみを等身大に写し取る中には、夫婦の寝室のこともその範囲に含まれる。個人の出来事を文字に写し取る時代にあって、歌は書くことで思いが深められ、慰められる新たな機能性が成立している。

旅人は大宰府着任以降、奈良の京への思慕の中にあった。いよいよ京へと帰る時が来ても、旅人の心は空虚であった。大宰府下向の時は妻と一緒であったが、帰りは一人だからである。京師の家に帰っても、いったい誰の袖を枕とするのかという思いは、妻との共寝の叶わない悲しみを先取りした表現である。妻の袂を巻いて共に寝ること、それが妻を愛おしむことだと思う旅人に、京での生活は空虚そのものとして映る。前歌に類似するのは、妻への思いが行きつ戻りつしながら思われるからである。

かつて大宰府下向の道中で、妻は名所や景勝地に感動していた。その妻を伴うことなく京に帰ったならば、荒れたわが家はこの旅よりも辛いことだろうという。「荒れたる家」とは、長く大宰府にいて家を留守にしたことにあるが、もちろん、本邸は資人たちが残っているから荒れることはない。これは妻の居ない家を指す心理的表現であり、旅人の心の中に思われる荒れた家である。あれほどまでに京へ帰ることを期待していた心と、京に帰り妻の居ない荒んだ家とが対比されることで、背反する心の悲しみが捉えられている。

天平二年庚午冬十二月に、大宰帥大伴卿の京《みやこ》に向《む》かひて上道の時に作れる歌

五首

446 吾妹子《わぎもこ》が見し鞆《とも》の浦の天木香《むろ》の樹は常世に有れど見し人そなき

〔妻が来る時に一緒に見た鞆の浦の天木香の樹は、常世にあると聞くが見た妻はもういない〕

447 鞆の浦の礒の室《むろ》の木見む毎に相見し妹は忘らえめやも

〔鞆の浦の礒の室の木を見るたびに、共に見た妻のことを忘れることが出来るだろうか〕

448 礒の上に根はふ室の木見し人をいづらと問はば語り告げむか

右の三首は、鞆の浦を過ぎし日に作れる歌。

〔礒の上に根を張る室の木よ。おまえを見た人を何処かと問えば、教えてくれようか〕

449 妹《いも》と来し敏馬《みぬめ》の埼を還るさに独りし見れば涕《なみだ》ぐましも

〔妻と一緒に見た美しい敏馬の崎を、帰る折に一人だけで見るので涙に濡れるばかりだ〕

450 去くさには二人吾が見し此の埼を独り過ぐれば情悲《こころかな》しも

右の二首は、敏馬の埼を過ぐる日に作れる歌。

〔筑紫へ行く折には二人で見たこの敏馬の崎を、一人で通り過ぎるので心悲しいことだ〕

帰京の悲しみ

大宰府赴任が決まった時に、妻は同道を希望した。旅人の年齢を考えると身の回りの面倒が必要となるため、旅人は妻の願いを聞き入れたのである。もちろん、妻は大宰府までの観光も期待していた。都では各地の観光案内の情報が多く耳に入ったから、大宰府までの観光を楽しみにしていたに違いない。「愛しい妻と下向した時に一緒に見た」のは、鞆《とも》の浦（広島県）の天木香の樹である。旅人は妻のいない悲しみを、「この天木香の樹は常世にあると聞くけれども、それを見た妻はもういない」のだという。「見し人そなき」には、永遠の木に対して人間の短い命を実感した嘆きがある。

山陽道は瀬戸内海を通るルートであるから、旧跡も景勝の地も多い。鞆の浦では海人たちの漁労や塩焼く煙を眺めたであろう。何よりも妻が驚いたのは、鞆の浦の磯辺に生い立つ室の木である。天に向かってそびえ立つ常世の室の木（天木香樹）に、妻は永遠の命を祈ったであろう。鞆の浦の美しい風光に嬉々としていた妻の顔は、旅人の悲しみの心と反比例しながら描き出されている。

　鞆の浦はよく知られた観光名所なので、妻はこの土地を楽しみにしていた。女性が家を離れて旅をすることの困難な時代に、大宰府までも出かけられることは二度とない機会と思われ、妻の喜びは大きかったであろう。鞆の浦は予想通り妻の気に入る名所であった。磯の上に根を大きく張った室《むろ》の木は、まさに生命を象徴する大木であり、その神々しさに勝るものは他にない。旅人が鞆の浦の風光をこの室の木に絞るのは、妻のはしゃぐ顔をもっとも鮮明に思い出すからである。だが、それは同時に永遠の生命の室の木と、妻の短い命という背反する事実をもって、この世の無常を訴えるものであった。

　敏馬《みぬめ》の崎（兵庫県）は噂に聞いた通りの美しい海浜の風景であり、妻の笑顔が思い出される。しかし、帰る折にわたし一人こうして見る風景は、涙ぐましいばかりだと旅人は嘆く。妻を失った喪失感と、妻を思い出すために立ち寄った美しい風光の敏馬の崎とが重なり、深い悲しみの心が引き起こされるからである。「涙ぐましも」とはいうが、激情ではない。愛する妻の死というテーマは激情的であるが、旅人の一連の亡妻悲傷《ぼうさいひしょう》の歌は、むしろ静寂の中にある。すでに妻は思い出の中にあるからである。

筑紫へ向かう折に二人で見た敏馬の崎を、帰りには一人で見ることとなり悲しいのだという。これは、心の思いを口にした折の表現である。どこにも飾りはなく、修辞も用いないが、聞く者には直ちに共有される思いの表出である。ここには他人に聞かせようという意図はなく、心の悲しみのままを独語する。この亡妻哀傷の歌においてはこのような表現が既に実現しているように思われる。事実のみを口にすることが新しい歌を成立させているのであり、そこには近代短歌を先取りした表現がみられる。むしろ、近代短歌はこのような心を写実する歌を価値としたのであった。妻の死は、旅人の心の中に静かに思い出される存在となったのである。

故郷の家に還り入りて、即ち作れる歌三首

451　人もなき空しき家は草枕旅に益りて辛苦《くる》しかりけり

〔愛する妻もいないこの空しいわが家は、草を枕の旅にも勝って辛くあることだ〕

452　妹《いも》として二人作りし吾が山斎《しま》は木高く繁く成りにけるかも
〔愛しい妻と二人で作ったこの庭は、木も育ち枝葉も繁くなったことだなあ〕

453　吾妹子《わぎもこ》が殖ゑし梅の樹見る毎に情《こころ》咽《む》せつつ涕《なみだ》し流る
〔愛しい妻が植えた梅の木だが、それを見るごとに心は咽せつつ涙が流れ落ちることだ〕

妻なき故郷のわが家

旅人が筑紫にあって日々思うことは、懐かしい奈良のことであった。筑紫が住み難いというのではない。老齢の旅人には、生きて故郷をふたたび見られるか否かが問題であった。加えて、亡き妻への思いが増してくる。妻はすでに家に帰り着いていて、笑顔で出迎えるかも知れないという幻想が過ぎる。家路を急ぐ旅人の気持ちには、そのような幻想もあったであろう。しかし、懐かしい家に到り着いた旅人を待つ現実は、森閑とした家であった。帰りを喜ぶ妻の声が聞こえる筈もなく、改めて妻の死を実感する。その悲しく辛い思いは、旅の辛さ以上であったろう。旅人は先に「京なる荒れたる家に一人宿ば旅にまさりて辛苦しかるべし」（四四〇）と詠んでいる。

懐かしい家に帰れば、そこはすべてが妻との思い出の場所である。花を愛した妻は、庭に築山《つきやま》を作ろうと提案したのであろう。どこに何を植えるか、妻は楽しそうに花の咲く季節を待っていた。当時の貴族たちの間では、異国趣味の築山を造ることが流行していた。それぞれが競い合って見栄えの良い築山を造り、自慢していたのである。「山斎《しま》」とは、池に嶋を立て岸辺に書斎《しょさい》風の四阿《あずまや》を築造したものであり、そこでは季節ごとの詩歌の会や宴楽が行われていた。旅人夫婦もそのような山斎を造り、たくさんの花木を植えたのである。筑紫から帰ってみると、それらの木々は高く茂っていたという。妻の愛した木々は年月とともに木高く生長しているが、その成長は妻が旅人の傍から遠のいて行く時間でもあった。

妻が庭に植えたという梅の木は、異国趣味の木である。庭に梅の花が咲けば、庭は異国文化の香りが満ちるのである。そのような梅の話を聞いて、妻は庭に梅を植えましょうという。そこで旅人は梅の木を探し求め、幼木の梅の木を手に入れた。「愛しい妻が植えた梅の木」とは、このような事情によって植えられたのであろう。折しも懐かしい家では妻ではなく、梅の花が旅人の帰京を迎えた。白い梅の花は愛する妻の笑顔のようであり、妻は梅の花となり帰りを待っていたのだ。そのような思いにさせる梅の花を見ると、涙が流れ落ちるのだという。思い出の中に生きる妻が、梅の花として生きていることに旅人の心は動かされたのである。

V 元号と東アジア文化

張平子 歸田賦者張衡仕不得志欲歸於田因作此賦凡在日朝不日歸田
遊都邑以永久無明略以佐時徒臨川以羨魚俟河清
乎未期 都謂京都永長也久滯也言久淹滯於京都而無知略以匡佐其時君也字林曰羨貪欲也淮南子曰臨河羨魚不
如歸家織網高誘曰羨願也易乾鑿度曰天降嘉應河清清三日變爲赤赤變三日鄭玄曰聖王爲政治平之所致 感蔡子
之慷慨從唐生以決疑 史記曰蔡澤燕人遊學干諸侯不遇從唐舉相舉熟視而笑曰先生偈鼻戴肩
魋顏蹙頞膝攣吾聞聖人不相殆先生乎澤知舉戲之乃曰富貴吾所自取吾不知者壽也願聞之舉曰先生之壽從今以往者四
十三歲澤笑而謝去謂御者曰吾持粱刺齒肥躍疾驅懷黃金之印結紫綬於胥揖讓人主之前食肉富貴四十一年足矣及入秦昭王
召見與語大說拜爲客卿遂代范雎爲秦相說文曰慷慨壯士不得志於心也 諒天道之微昧追漁
父以同嬉 諒信也微昧幽隱司馬遷悲士不遇賦曰天道悠昧楚辭曰屈原既放漁父見而問之曰子非三閭大夫歟漁
父悠爾而笑鼓枻而去王逸楚辭序曰漁父避世隱身釣魚江湖欣然而樂漁父歌曰滄浪之水清可以濯吾纓滄浪之水淥可以濯吾
大一百四三 小十六百十三 文十五 二十 李
足嬉樂也 超埃塵以遐逝與世事乎長辭 世務紛濁以喻塵埃莊子曰遊乎塵埃之外
於是仲春令月時和氣清 儀禮曰令月吉日鄭玄曰令善也 原隰鬱
茂百草滋榮王雎鼓翼鶬鶊哀鳴 雎鳩王鳩也郭璞曰雕類也爾雅曰
倉庚黃鸝鶬也鶬音利 交頸頡頏關關嚶嚶 頡頏上下也毛萇詩傳曰飛而上曰頡飛而下
曰頏爾雅曰關關雍雍音聲和也釋訓曰丁丁嚶嚶相切直也注嚶嚶兩鳥鳴也 於焉逍遙聊以
娯情 毛詩曰於焉逍遙廣雅曰逍遙徜徉也 爾乃龍吟方澤虎嘯山丘 言已
從容吟嘯類乎龍虎春秋元命苞曰杓星高則舉龍吟淮南子曰龍吟而景雲至虎嘯而谷風臻 仰飛纖繳俯
釣長流觸矢而斃貪餌吞鉤 觸矢射也吞鉤釣也楚辭曰知貪餌而近斃 落
雲間之逸禽懸淵沈之魦鰡 列子曰詹何以獨繭爲綸芒針爲鉤引盈車之魚於
百仞之淵楚王問其故詹何曰蒲且子之弋弱弓纖繳連雙鶬於青雲之際臣因學釣五年始盡其道毛萇詩傳曰魦鮀也字指曰鰡魦鰡

元号の歴史

「令和」は、日本の元号史において大化から二四八番目にあたる。元号の歴史は、中国漢の武帝が「建元」と建てたのに始まる。初めて元を建てたという意である。紀元前一四〇年が建元元年と定められた。『漢書』の注に「武帝即位し、初めて年号あり、改元して以て建元《けんげん》を始とす」とある。以後、武帝の時代に元光、元朔《げんさく》、元狩《げんしゅ》、元鼎《げんてい》、元封《げんぷう》、太初、天漢《てんかん》、太始、征和《せいわ》、後元と続いた。元光改元の時に「有司《ゆうし》（担当役人）言はく、元は宜しく天瑞《てんずい》（天が下す瑞祥）の命《めい》を以てすべく、一二の数は宜しからず。一元は建元と曰ひ、二元は長星《ちょうせい》（帚星《ほうきぼし》。戦乱の兆し）にして元光と曰ひ、三元は郊《こう》（郊外）に一角獣《いっかくじゅう》を得て元狩と曰《い》ふと云ふ」（『漢書』の注）とある。元号が天瑞の命によるというのは、天帝《てんてい》の意志を受けるべきことをいう。天は物を言わないので、天瑞が降されることにより、その王朝が保証されるのである。こうして武帝以後にも元号の慣行は行われ、異民族の支配下にあっても元号は建てられ清朝《しんちょう》末期まで続いたのである。なお、明清時代に皇帝一代に一元号制へと移行した。これが明治以降の一世一元の制の基となった。

韓（朝鮮）半島の元号は、多くの資料が失われたことから明確なことは分からないが、『三国史記』や『三国遺事』などによれば、高句麗《こうくり》には三〇〇年代から四〇〇年代にかけて永楽《えいらく》、延寿《えんじゅ》などの元号の断片が見られ、新羅《しらぎ》は五〇〇年代から六〇〇年代に建元、開国、大昌、鴻済《こうさい》、建福、仁平《じんぺい》、太和が見られ、以後は中国の元号を用いて服属の意を表すことになる。百済は六六〇年に滅亡し、史書に元号の痕跡を残さないが、釈迦像《しゃかぞう》の光背銘《こうはいめい》に建興《けんこう》の元号が見られる。百済《くだら》は日本に漢籍や仏教をもたらした国である。その百済が滅亡し、百済再興のための白江村《はくすきのえ》の戦い（六六三）では、新羅・中国連合軍に対して日本も百済と連合を組んで闘ったが、ついに滅亡した。その折に百済からの難民が日本に多く渡ってきて、百済宮廷に仕えていた高級官僚や博士たちは近江朝《おうみ》に仕えた。このことが、日本で新たな元号を建てる切っ掛けになったと思われる。

古代日本の元号

韓半島三国の百済が滅んだのは、独立天子国《どくりつてんしこく》を目指したからである。三国は常に争乱の中にあり、中国との冊封《さくほう》関係を保ちながら半島の中での優位を画策していたのである。その中で百済は高句麗や新羅とは異なる小中華《ミニちゅうか》を目指していたと思われる。そのことを語るのは、『三国史記』によれば、百済が『礼記《らいき》』の王制《おうせい》に基づき天子の天地祭祀を行い、廟《びょう》も七廟としたことにある。高句麗も新羅も中国の諸侯《しょこう》としての礼を尽くし、山川祭祀は諸侯内に限られ、廟は五廟であった。この百済の王制が語るのは、中国から独立した天子国の建設であり、当然ながら唐の皇帝の逆鱗《げきりん》に触れることになった。百済が滅んだ理由はこのようなところにあろう。

しかし、滅亡した百済から多くの亡命人が日本に渡り、近江朝において百済の技術や宮廷文化が持ち込まれた。一は各地に山城を築き、二は大宰府に水城《みずき》を築き、三は憲章法則《けんしょうほうそく》の制度改革を行い、四は学校（庠序《しょうじょ》）を建て秀才を教育し、五は皇太子に帝王学《ていおうがく》を教え、六に日本漢詩の時代を作ったことである。これらはその一部に過ぎないが、近江朝が急激に東アジア化した背景にはこのような事情があったのである。

そうした百済亡命の渡来人たちは、日本が唐とも韓半島とも国交断絶にある中で、改めて日本における独立天子国の建設に入ったものと思われる。それが後の〈天皇〉の登場（天武朝）であり、〈大宝律令〉（文武朝）の完成である。長安様式の〈藤原宮〉の造営（持統朝）も百済の知識人による構想であろう。日本が唐と国交を開始するのは、第七次遣唐使が任命された大宝元年（七〇二）である。古代日本元号の出発が「大宝《たいほう》」にあるとすれば、それは対馬から金の貢上による改元からである。さらに律令の完成と遣唐使の派遣という、いわば古代国家の大いなる宝の時代の幕開けを祝賀《が》したことにある。大宝元年の賀正礼《しょうれい》では中国皇帝の如くに荘厳化《そうごんか》し、「文物の儀ここに備われり」（『続日本紀』）と宣言したことからも知られる。

すでに聖徳太子の時代に「法興《ほうこう》」の元号が存在したと思われるが、これは仏典語であり仏教興隆を願うものである。孝徳天皇の時代の「大化《たいか》」は、蘇我氏から王族に権力を奪回して改新を行ったことにより世が大きく変革されたことによる元号である。続く「白雉《はくち》」は周《しゅう》の越裳氏《おつじょうし》が聖王の登場により現れるという白雉を献上した故事による。以後、元号は建てられず持統朝に「朱鳥《しゅちょう》」がみえるが、この年号は不確かなままに終わる。安定した古代日本の元号は、文武天皇の時の金の貢上を瑞として喜ぶ大宝であった。それに続いて、慶雲《けいうん》（文武朝）、和銅《わどう》（元明朝）、霊亀《れいき》（元正朝）、養老《ようろう》（元正朝）、神亀《じんき》（聖武朝）、天平《てんぴょう》（聖武朝）、天平感宝《てんぴょうかんぽう》（聖武朝）、天平勝宝《てんぴょうしょうほう》（孝謙朝）、天平宝字《てんぴょうほうじ》（孝謙・淳仁・称徳朝）、天平神護《てんぴょうじんご》（称徳朝）、神護景雲《じんごけいうん》（称徳朝）、宝亀《ほうき》（光仁朝）の元号が建てられて古代は終焉する。

ここに見られる元号は一代一元号も存在するが、複数の王朝が同じ元号を用いる場合もある。その理由は、瑞祥《ずいしょう》が現れた時に改元するという考えがあるからである。漢の武帝の建元の時に、その理由を「天瑞《てんずい》」によるとした。これは、祥瑞が現れた時に元号を改めるという慣例を作ったのである。『芸文類聚《げいもんるいじゅう》』の祥瑞《しょうずい》部によると、慶雲や亀が瑞祥である。特に亀は文字を背負い現れるという。霊亀、神亀、天平、宝亀などはそうした亀が現れたことによる改元である。特に「天平」は長屋王《ながやおう》（当時の宰相）を誅滅《ちゅうめつ》して光明子《こうみようし》（藤原不比等《ふひと》の娘）を皇后に立てるために、藤原四子（不比等の四人の男子）の藤原麿《まろ》（万里）が「天王貴平知百年」という文字を背負った亀を献上したことによる改元である。古代の改元というのは、天の意を汲んだ聖王の出現によりそれを愛でる天瑞が降されることによる。もちろん、現実的には瑞祥が現れたのではなく、時代の状況のなかでそれを変えようとする力が瑞祥を求めたのである。つまり、改元というのは政治支配者による国家的な気分転換として働いていたということである。

元号の未来

「令和」という元号は大化から数えて二四八番目にあたる。中国も韓半島もまたベトナムも、元号は天瑞を受けて改元された。中華の天の思想がベトナムも含めて東アジアを覆ったのである。韓半島のように中国の元号を用いるのは、東アジアの支配と被支配との関係においてである。それでもこれらの諸国が元号を使い続けたのは、王の支配権力の構造（時間の支配）によるものではない。それぞれの国の為政者たちが戦乱や疫病あるいは謀反などの時代閉塞《じだいへいそく》のなかで、時代状況の気分転換としての機能を持たせたのである。今回はその気分転換が「国書」である『万葉集』であったことにより、大きな気分転換がはかられた。それは、元号を日本文化の一つとして位置づけた瞬間であった。

これまでは儒教思想が常に東アジアの政治の基準として存在したことから、基本的には儒教経典のすぐれた言葉を選び出し、それを時代の気分として改元した。古典の言葉は、時代を変えるほどに重かったのである。そのようにして元号の歴史は続いたが、東アジアにおいて元号を用いている国は、唯一、日本のみとなった。東アジアは事務的で合理的な西暦にとって替わられたのである。そのことから、日本の元号の未来が問われることになった。一つは、天皇制と結びつくという考え、一つは、それを用いるのが不便であるという考えである。

すでに触れたように、元号とは天皇制と直接的に結びつくものではない。それは明治以降の制度である。明治の元号を定めた詔勅によれば、次のようにある。

一世一元の詔

太乙《たいいつ》（天帝）を体して位に登り、景命《けいめい》（天の大命）を膺《う》けて以て元を改む。洵《まこと》に聖代の典型にして、万世の標準なり。朕《ちん》、否徳《ひとく》（徳が無い）と雖も、幸に祖宗の霊に頼り、祗《つつし》みて鴻緒《こうしょ》（大命）を承《う》け、躬《み》万機の政を親《ちかく》す。乃ち元を改めて、海内《かいだい》の億兆と与《とも》に、更始一新せむと欲す。其れ慶応四年を改めて、明治元年と為す。今より以後、旧制を革易《かくえき》し、一世一元、以て永式と為す。主者施行せよ。

この詔においても、改元は天帝の意志だとする。維新は天の命により時代を変えたのである。それゆえに「海内の億兆と与に、更始一新せむと欲す」とあるように、国民とともに時代の気分を変えようとしたのである。明治政府が時代状況の変化を求めた気分転換としての改元である。そしてそれを天皇の御代がわりへと制度を改めたのは、中国の明清時代の制度に基づいたことによる。

元号を用いるのが不便だというのは、その通りであろう。その不便を国が強制する限り、元号への不満が常に持ち出される。西暦にしてもキリストの時間でしかないが、グローバル化の時代に西暦を優先するのは自然である。問題は西暦とは別に元号を強制することであろう。元号を優先する時には、必ず西暦を併記することで解決する。

元号とは、時代を映す鏡である。その元号の時に何があったのか、それが容易に復元可能な機能性を持つ。元号は国の歴史を語る装置として働く。人の一生を八十年とすれば、八十年の間に一つ以上の元号の中で日本人は生きることになる。受験勉強などで、長大な歴史上の出来事を記憶するのでもない限り、自らの生きた時間を元号で記憶するのは、きわめて文化的な知恵である。一九一二年から一九二六年の文学といってもいつの文学か戸惑うが、これを大正文学といえば、時代の状況や文学の性質が鮮明に思い出される。元号により歴史が記憶されるのは、日本人の歴史観を育む知恵である。いわば、元号は日本人に根付いた記憶装置であり、それを育てることが文化の創造であるに違いない。

主要参考文献一覧

辰巳正明「賢良」「讃酒歌と反俗の思想」「讃酒歌の構成と主題」「落梅の篇——楽府『梅花楽』と大宰府梅花の宴」（以上『万葉集と中国文学』笠間書院）

辰巳正明「万葉集と東アジア」「持統朝の漢文学——梅と鶯の文学史」「反俗の思想——大伴旅人」「孤独の酒——讃酒歌十三首論」（以上『万葉集と中国文学　第二』笠間書院）

辰巳正明「狂生の詩——藤原万里」「漢文と倭歌——巻五の漢文」（以上『万葉集と比較詩学』おうふう）

辰巳正明「古い名門の家に生まれた者——天皇」「運命より大きな力——王制」（以上『詩霊論　人はなぜ詩に感動するのか』笠間書院）

辰巳正明「大宰府圏の文学」「古代日本漢詩の成立——百済文化と近江朝文学」「太平歌と東アジアの漢詩」（以上『万葉集の歴史　日本人が歌によって築いた原初のヒストリー』笠間書院）

辰巳正明『長屋王とその時代』(新典社)
辰巳正明『懐風藻　古代日本漢詩を読む』(新典社)

おわりに

「令和」の時代がはじまり、日本では国も個人も新たな気分となって出発したように思われる。それはあたかも新年を迎えたかのような賑わいであったが、むしろ、それ以上の活力を日本全国に及ぼしたように感じられる。なによりも、「令和」は中国古典を脱して日本古典の『万葉集』から選ばれたという驚きは、改めて日本古典に強い関心を抱くことになった。

新たな元号による賑わいは天皇の御代がかわったということにあるが、平成から令和へと移る五月一日前後の十連休は史上最大の休暇となり、十分に楽しんだ人も、持て余した人も、それぞれ日本人の心の気分転換がはかられたことは明らかである。

改元がこれほどの活力をもって迎えられたのは、おそらく今回が史上初であろう。天皇の生前退位ということもあり、喪中の改元ではなかったことが活力の要因であろう。改元ということや元号ということを、改めて日本人の中で考える段階を迎えた。改元が国民的気分転換の装置であるならば、天皇の御代に関わりなく困難な時代を迎えた時に改元をするという方法もある。元号の歴史とは、まさにそこにあったからである。

本書は「令和」が『万葉集』由来であることから、「梅花の歌」と大伴旅人の文学を改めて考える機会を得た。令和元年に合わせた刊行であったが、編集の小松由紀子氏により手際よくまとめられ、刊行されることとなった。小松氏及び新典社に感謝申しあげる。

令和元年六月

著者しるす

辰巳　正明（たつみ　まさあき）
1945年1月　北海道富良野市に生まれる
現職：國學院大學名誉教授
2018年度日本学賞受賞
主書：『懐風藻　古代日本漢詩を読む』『歌垣―恋歌の奇祭をたずねて』『長屋王とその時代』（以上、新典社）、『王梵志詩集注釈』『懐風藻全注釈』『万葉集の歴史』『コレクション日本歌人選　山上憶良』『折口信夫』『短歌学入門』『詩霊論』『詩の起原』『万葉集と中国文学　第一・第二』（以上、笠間書院）、『万葉集と比較詩学』（おうふう）、『悲劇の宰相　長屋王』（講談社）
編著：『古事記歌謡注釈』『郷歌』（以上、新典社）、『懐風藻　漢字文化圏の中の日本古代漢詩』『懐風藻　日本的自然観はどのように成立したか』（以上、笠間書院）、『『万葉集』と東アジア』（竹林舎）

新典社新書 78
「令和」から読む万葉集

2019年7月5日　初版発行

著者――辰巳正明
発行者――岡元学実
発行所――株式会社 新典社
〒101-0051　東京都千代田区神田神保町1-44-11
営業部：03-3233-8051　編集部：03-3233-8052
ＦＡＸ：03-3233-8053　振　替：00170-0-26932
http://www.shintensha.co.jp/　E-Mail:info@shintensha.co.jp

印刷所――惠友印刷 株式会社
製本所――牧製本印刷 株式会社

ISBN 978-4-7879-6178-5　C0295

定価はカバーに表示してあります。
乱丁・落丁本は，お取り替えいたします。小社営業部宛に着払でお送りください。